田中順子

原文からひろがる 源氏物語

明石

もくじ

明石巻系図

△大　臣（親）——明石の入道（前の守新発意、入道）
　＝北の方（母君）——明石の君（むすめ、女、明石）

△按察大納言——△桐壺更衣

兵部卿宮——紫の上（二条院、二条の君、女君）

藤壺中宮（入道の宮）＝△桐　壺　院（帝王、故院、父帝、帝、院の帝、院）——春　宮

△桐壺更衣＝△桐　壺　院——源　氏（君、源氏、源氏の君、男）

源　氏＝紫の上

源　氏＝明石の君

右大臣（太政大臣）——弘徽殿大后（后、大宮）

弘徽殿大后＝△桐　壺　院——朱雀帝（帝、内裏、当帝、上）

右大臣——承香殿女御

承香殿女御＝朱雀帝——男御子

花散里

六条御息所（伊勢の御息所）

大宰大弐（帥）——五節

良　清（源少納言、少納言）

惟　光

二条院の御使（賤の男）

明石の君の乳母

・（　）は、その巻での呼び名をさす
・△は故人をさす

「日本古典文学全集」（『源氏物語2』小学館、平成十六年度版所収より）

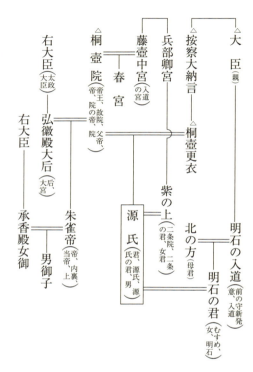

明石《あかし》

都の使者

なほ雨風やまず、雷《かみ》鳴りしづまらで日ごろになりぬ。いとど、ものわびしきこと数知らず、来《き》し方行《ゆ》く先悲しき御ありさまに、心強うしも、えおぼしなさず、いかにせまし、かかりとて都に帰らむことも、まだ世に許されもなくては、人笑はれなることこそまさらめ、なほこれより深き山を求めてやあと絶えなまし、とおぼすにも、波風に騒がれて、など、人の言ひ伝へむこと、後《のち》の世まで、いと軽々《かろがろ》しき名をや流し果てむ、とおぼし乱る。御夢にも、ただ同じさまなるもののみ来つつ、まつはしきこゆと見たまふ。雲間もなくて明け暮るる日数に添へて、京のかたもいとどおぼつかなく、かくながら身をはふらかしつるにやと、心細うおぼせど、頭《かしら》さし出づべくもあらぬ空の乱れに、出で立ち参る人もなし。

『須磨』の巻の後半、「天変地異」の場面で突如襲ったすさまじい嵐は、あの時点で収まったわけではなかった。《なほ雨風やまず、雷鳴りしづまらで日ごろになりぬ》と、激しい風、雷鳴の伴った嵐はそれから何日も続いて、源氏たちを悩ませていたのである。《なほ》は物事が変わらずに持続していく様を表すことばで、時間的にも空間的にも『須磨』の巻の終わりの部分と『明石』の巻頭はぴたりと続いており、状況はさらに悪くなることを示して、物語の世界に読者をさりげなく引き込む。

　黒雲が来る日も来る日も空を覆い、地に目をやれば草木倒れ臥し、そこらあたりは水浸しの有様で、人々は気持ちも滅入り、やり場のない不安に駆られている。源氏も《いとど、ものわびしきこと数知らず、来し方行く先悲しき御ありさまに、心強うしも、えおぼしなさず》と、これまで自らを奮い立たせ、気を強く持って耐えてきた気持ちがふっつり切れて一気に弱腰となる。

　自然の脅威に直に脅かされる須磨の侘び住まいには、気力もくじけそうな思いを幾度味わったことか。ここにいてこれから先どうなるというのか。底知れぬ不安が込み上げ、ただ悲しくやるせない。源氏は《*①いかにせまし》と、途方にくれてあれこれ思いを巡らす。

　今ひどい暴風雨に遭っているからという口実で果たして都に帰れるだろうか。許しを得ないままこっそり戻ったところで、一層ひどく世間のもの笑いの種にされるだろう。《なほこれより深き山を求めてやあと絶えなまし》とも考えてみる。さもなければもっと山深い所に分け入って消息を絶ってしまおうか。山奥で行き倒れになるわが姿を思い浮かべるほど、悲壮な思いにとらわれていた。《なまし》は、疑問のことばを伴って～してしまおうか、～した方がいいのではないかの意。

しかし現実に立ち返れば、世間の風評が何かと気に掛かる。口さがない都人たちは《波風に騒がれて》などと、口の端に上らせて馬鹿にするだろう。「騒がれて」の「れ」は受け身の言い方で、波風なぞを怖がって大騒ぎしての意を込める。

そのあげく《人の言ひ伝へむこと、後の世まで、いと軽々しき名をや流し果てむ》と、源氏は言い訳の仕様がない人生の汚点が、後々の世まで口軽く伝わってしまうのかと思うだけでたまらない。そんな生き恥をさらさなければならなくなったらどんなにつらいことだろうと心を乱す。だからと言ってこれからどうすればいいのだろうか、ここを抜け出すどんな手立てがあるというのか、と源氏はあれこれ思い悩むが、進退極まり途方にくれる。

夢をみれば《ただ同じさまなるもののみ来つつ、まつはしきこゆ》*②と、前と全く同じように得体の知れない者が現れては、なれなれしく自分を引き寄せようとするので何とも気色《きしょく》が悪い。

《雲間もなくて明け暮るる日数に添へて》と、相変わらず空を覆う黒雲の切れ間はなく、明けても暮れても風雨に閉じ込められて日数が積み重なる。《京のかたもいとどおぼつかなく、かくながら身をはふらかしつるにやと、心細うおぼせど》と、源氏は先行きの不安に駆られて居ても立ってもいられない。「はふらかす」はうち捨てる。放り出す。

人の行き来なども途絶え、都がどうなっているか知る由もないのだ。わが身もこんなふうにしてこの地に閉じ込められたまま朽ち果てるのだろうと、みじめな姿を思い浮かべたりする。

《頭さし出づべくもあらぬ空の乱れに、出で立ち参る人もなし》と、たたきつける雨風は止まず、頭を外に差し出して様子を見ることさえできない有様なのに、わざわざ都を立ってこんなところまで見舞いに来る者などあろうはずもない。

＊①長徳二年（九九六）藤原伊周《これちか》が太宰の帥《そち》に左遷されて、播磨の国に留められたが、密かに上京して母に会ったことが露顕し、ついに九州まで流されたという歴史上の事件がある。

＊②拙著『原文からひろがる源氏物語　須磨』１８０ページ後半の「夢の話」参照。

二条の院よりぞ、あながちにあやしき姿にて、そほち参れる。道かひにてだに、人か何ぞとだに御覧じわくべくもあらず、まづ追ひ払ひつべき賤《しづ》の男《を》の、むつましうあはれにおぼさるるも、われながらかたじけなく、屈《く》しにける心のほど思ひ知らる。御文《ふみ》に、

あさましくをやみなきころのけしきに、いとど空さへ閉《と》づるここちして、ながめやるかたなくなむ。

浦風やいかに吹くらむ思ひやる
袖うち濡らし波間なきころ

あはれに悲しきことども書き集めたまへり。ひきあくるより、いとど汀《みぎは》まさりぬべく、かきくらすここちしたまふ。「京にも、この雨風、いとあやしきもののさとしなりとて、仁王会《にんわうゑ》など行はるべしとなむ聞こえはべりし。内裏《うち》に参りたまふ上達部《かむだちめ》なども、すべて道とぢて、政治《まつりごと》も絶えてなむはべる」など、はかばかしうもあらず、かたくなしう語りなせど、京のかたのこととおぼせば、いぶかしうて、御前《おまへ》に召し出でて問はせたまふ。「ただ、例の雨のをやみなく降りて、風は時々吹き出でつつ、日ごろになりはべるを、例ならぬことにおどろきはべるなり。いとかく、地の底徹《とほ》るばかりの氷《ひ》降り、雷《いかづち》のしづまらぬことははべらざりき」など、いみじきさまにおどろき懼《お》ぢてをる顔のいとからきにも、心細さぞまさりける。

ところが、こんな中を、源氏の元に手紙を届けに来た者が現れる。《二条の院よりぞ》の《ぞ》の強めた言い方には他の誰でもないという思いが籠もる。その者は二条の女君が差し向けた使者だった。使者は《あながちにあやしき姿にて、そほち参れる》と、全身ずぶ濡れで泥にまみれ、見るに堪えない姿のままやっと辿り着いたに違いない。「そぼつ」は濡れる。源氏はこの姿を見て余りの汚さに驚く。

《道かひにてだに、人か何ぞとだに御覧じわくべくもあらず、まづ追ひ払ひつべき賤の男》――道ですれ違っても人だか何だか区別がつかず、見れば追い払ってしまいそうな下人だ。だが、今は汚らしい限りのその男が《むつましうあはれに》思えてくる。その男が暴風雨の中を死に物狂いになって都の便りを運んでくれたのだと思うと、しみじみとうれしく親しい者のように感じられてくるのだった。

そんな男にまで心を寄せてしまう帝の皇子である自分の身を、われながら《かたじけなく》思うのは、打ちひしがれてどうにもならない《屈しにける心のほど》のせいだった、と思い知る。「屈す」は心が卑屈になる。「かたじけなし」はもったいない、畏れ多い。弱気が起って悪い方向にばかり妄想をふくらませては不安におののいていたのだ。神経が極度にとがって異常な精神状態に陥っていたことを思い知る。二条の女君からの文に触れ、凍り付いていた心が溶け温かいものが込み上げてくるのを感じる。

文にはまず《あさましくをやみなきころのけしきに、いとど空さへ閉づるここちして、ながめやるかたなくなむ》と、都の天候の様子が書かれていて、須磨を襲う絶え間ない暴風雨が都にも来ていたことを知る。都の空も長い間衰えを知らぬ暴風雨に降り込められたままだったのだ。

女君は《空さへ閉づるここちして》と、沈みがちな暗澹たる気持ちを記しているが、重苦しく垂れ込める空の下でくずおれそうになりながらも、一人で耐えているのだろうと思いを馳せる。続けて《浦風やいかに吹くらむ思ひやる袖うち濡らし波間なきころ》と、詠まれた歌にも女君の気持ちが滲む。あの悪天候の日々を一人《袖うち濡らし》つつ耐えねばならない女君の心細さを思うと、源氏はたまらなくなる。《浦風やいかに吹くらむ思ひやる》という上の句が切なく自分を求める恋歌のように響く。「波間」は波（涙の比喩）の絶え間で「浦風」の縁語。

他にも《あはれに悲しきことども》が文面を埋めていた。女君の心に残った邸内の出来事や周囲の人々の様子などが丹念に書き込まれている。一つひとつのことがもっともとうなずかれ、愛しい出来事のように思われてくるのだった。

源氏は女君からの手紙を携えた使者の来訪を知った時から胸が高鳴って平常心ではいられなかった。その手紙を手に取って開くと同時に*③《いとど汀まさりぬべく》という有様で読んでいたのだった。《汀まさり》は水際の水が増す意から涙が止めどなく流れること。溢れる涙に手紙の字はかすみ、《かきくらすここちしたまふ》と、引き裂かれたまま会うことの叶わない悲しみで胸が一杯になる。

使者は悲しみに沈んだ源氏の慰めになるかと、気を利かせて京の被害の様子を、《「京にも、この雨風、いとあやしきもののさとしなりとて、*④仁王会など行はるべしとなむ聞こえはべりし。内裏に参りたまふ上達部なども、すべて道とぢて、政治も絶えてなむはべる」》などと、絞り出すように語ろうとする。《もののさとし》は、何か不正などがある時、神仏が警告を出すこと。

それによると宮中はこの暴風雨を良くないことの前兆と判断し、仁王会などをとり行っているが、上達部たちはそこに参上しようにも京の道という道には水が溢れて寸断され、出かけることができずに、公務も滞りどうやら都は麻痺状態に陥っているらしい。

使者の語り口は《はかばかしうもあらず、かたくなしう》と、とつとつとして聞き苦しいものだったが、源氏は身を乗り出すようにして耳を傾ける。「かたくなし」は不体裁の意。女君のいる京の事情であれば《いぶかしうて》どんなことでも知りたい。二条の院を一人で支える女君の苦労がどれほどのものか思いは京に飛ぶ。

源氏は使者を御前に呼び出して京の様子を話すよう促す。しかし使者の口を衝いて出たのはここ、須磨の空模様のことだった。使者は《「ただ、例の雨のをやみなく降りて、風は時々吹き出でつつ、日ごろになりはべるを、例ならぬことにおどろきはべるなり。いとかく、地の底徹るばかりの氷降り、雷のしづまらぬことははべらざりき」》と、驚きを持って語る。

いつもの風混じりの雨が一向に止まずこんなにも長く続くことは初めてだ。それに《地の底徹るばかりの氷》(雹《ひょう》のこと)*⑤が降ったり雷がひっきりなしに鳴るなど、こんなひどい目には京では合わなかったと語る使者の表情は、《いみじきさまにおどろき懼ぢてをる顔》で、当地の異常な天候を懼れ怯えて引き攣っている。本当につらそうなその様子を見た源氏の胸にもここに居続けることの不安が一層募っていくのだった。

＊③一層涙も増しそうで。「君惜しむ涙落ち添ひこの川の汀まさりて流るべらなり」『古今六帖』四、『貫之集』七。『土佐日記』の中にも「行く人もとまるも袖の涙川汀のみこそまさりけれ」の歌がある。

＊④国家鎮護、七難即滅のため宮中で、「仁王護国般若経」を講讃する勅会《ちょくえ》。毎年三月と七月に行う行事。この場合のように臨時でも行う。

＊⑤長和二年（1013）三月二十九日「未刻、雷鳴氷降、大如梅李」（『日本紀略』）という記録もある。

落雷

かくしつつ世は尽きぬべきにや、とおぼさるるに、そのまたの日の暁《あかつき》より、風いみじう吹き、潮《しほ》高う満ちて、波の音荒きこと、巌《いはほ》も山も残るまじきけしきなり。雷《かみ》の鳴りひらめくさま、さらに言はむかたなくて、落ちかかりぬとおぼゆるに、ある限りさかしき人なし。「われはいかなる罪を犯してかく悲しき目を見るらむ。父母《ちちはは》にもあひ見ず、かなしき妻子《めこ》の顔をも見で死ぬべきこと」と嘆く。君は御心をしづめて、何ばかりのあやまちにてか、この渚《なぎさ》に命をば極《きは》めむと、強うおぼしなせど、いともの騒がしければ、色々の幣帛《みてぐら》ささげさせたまひて、「住吉《すみよし》の神、近き境《さかひ》をしづめ守りたまふ。まことに迹《あと》を垂《た》れたまふ神ならば、助けたまへ」と、多くの大願《だいぐわん》を立てたまふ。

源氏は《かくしつつ世は尽きぬべきにや》と感じながら、呆然として外を見る。目の前の天変地異の様相はすさまじい。恐ろしいというよりも、誰もどうにもできないのだ。このまま天地は閉じ、世のすべてのものは真っ暗な闇の中に呑み込まれていくのだろうと無力感に駆られ、なす術もなく絶望の淵に立ちすくむ。

《そのまたの日の暁》――翌日は未明から前日の不吉な予感が的中したような《風いみじう吹き、潮高う満ちて、波の音荒きこと、巌も山も残るまじきけしき》を呈している。風が、波が、うなりを上げすべてのものを、巌や山までも根こそぎ奪い去ろうとするかのように荒々しく攻め立てる。その上、《雷の鳴りひらめくさま》の恐ろしさはたとえようもなく、頭上に直接《落ちかかりぬ》と感じられるほどで生きた心地もない。

語り手は、誰も彼もその場にいる人々の、ただおろおろとうろたえ動転するばかりの有様を《ある限りさかしき人なし》と言い放つ。《さかしき人》は自分の判断力を持てる人。絶望に駆られ死を覚悟したかのように供人の一人が、《「われはいかなる罪を犯してかく悲しき目を見るらむ。父母にもあひ見ず、かなしき妻子の顔をも見で死ぬべきこと」》と、家族一人ひとりに訴えかけるようにここで命果てる無念の思いを吐き出す。「かなし」は、いとしい。

その痛切な嘆きの声を耳にした源氏は我に返る。《御心をしづめて》考えるが、思いは供人と同じで、天のなせる理不尽な仕打ちに納得がいかない。《この渚に命をば極めむ》ほどのあやまちをいったいどれほど犯したというのかと《強うおぼしなせど》と、改めて無実の自分を強く意識する。

不安におののく人々の騒ぎは一向に収まらない。源氏は何か手立てを打って騒ぎを静めこの人たちを守っていかねばと、荒れ狂う天地に立ち向かおうとする。しかし、できることは祈りを捧げることしかない。源氏は《色々の幣帛ささげさせたまひて》心を込めて祈ったのである。《幣帛》は絹布や紙などを木や竹の串に挟んで捧げ物としたもの。《色々の》は青幣や白幣など五色の幣を指す。

源氏は須磨あたりまでも加護してくれるはずの住吉の神を名指し、《「*①住吉の神、近き境をしづめ守りたまふ。まことに迹を垂れたまふ神ならば、助けたまへ」》と、必死に乞う。「迹を垂る」は仏が仮に神の姿となって現れること。そして同時に多くの大願も立てた。《大願》は願いが叶った時に盛大な願ほどき（お礼参り）を約束する願のこと。その旨を願文に書くのである。

＊①大阪市住吉区にある。底箒男命《そこつつのおのみこと》、中箒男命、表《うわ》底箒命、後に神功皇后を祀る。航海の安全を守る海の神として信仰された。須磨からは淀川の河口を隔てて対岸に当たる。後に歌の神となる。

おのおの、みづからの命をばさるものにて、かかる御身のまたなき例《れい》に沈みたまひぬべきことのいみじう悲しきに、心を起こして、すこしものおぼゆる限りは、身に代《か》へてこの御身一つを救ひたてまつらむと、とよみて、諸声《もろこゑ》に仏神《ほとけかみ》を念じたてまつる。「帝王の深き宮に養はれたまひて、いろいろの楽しみにおごりたまひしかど、深き御うつくしみ、大八州《おほやしま》にあまねく、沈める輩《ともがら》をこそ多く浮かべたまひしか。今、何の報《むく》いにか、ここら横様《よこさま》なる波風にはおぼほれたまはむ。天地《てんち》ことわりたまへ。罪なくて罪にあたり、官《つかさ》、位《くらゐ》を取られ、家を離れ、境《さかひ》を去りて、明け暮れ安き空なく嘆きたまふに、かく悲しき目をさへ見、命《いのち》尽きなむとするは、前《さき》の世の報いか、この世の犯《をか》しかと、神仏《かみほとけ》明らかにましまさば、この愁《うれ》へやすめたまへ」と、御社《みやしろ》のかたに向きて、さまざまの願《ぐわん》を立てたまふ。また海の中《なか》の龍王、よろづの神たちに願を立てさせたまふに、いよいよ鳴りとどろきて、おはしますに続きたる廊《らう》に落ちかかりぬ。炎《ほのほ》燃えあがりて廊は焼けぬ。心魂《こころだましい》なくて、ある限りまどふ。後《うしろ》のかたなる大炊殿《おほひどの》とおぼしき屋《や》に移したてまつりて、上下《かみしも》となく立ち込みて、いとらうがはしく泣きとよむ声、雷《いかづち》にも劣らず。空は墨をすりたるやうにて、日も暮れにけり。

源氏が率先してひとり祈りを捧げている姿を見て、供人たちは自分たちこそがこの方《かた》のために祈らなければならないのだと気付かされる。かわいい妻子の顔を見ないで死ぬのはいやだと泣き言を口にしていた供人も、人が変わったように襟を正す。

供人たちは自分たちの命はどうなっても《かかる御身のまたなき例に沈みたまひぬべきことのいみじう悲しきに》――こんなにも尊い人が言うに言えないひどい目に合った上、命まで落とさなくてはならないとはあまりに悲しい、こんなことはあってはならないのだと、気持ちを奮い立たせ事態に立ち向かう。

その中でも《すこしものおぼゆる限りは》――少しでもこの場の状況を理解できる者は《身に代へてこの御身一つを救ひたてまつらむ》と、何より主人源氏の命乞いを祈念することが先だと悟り、皆の気持ちが一つになる。そして《とよみて、諸声に仏神を念じ》ただ祈る。「とよむ」はあたりを揺り動かすように音や声が響くこと。

供人たちが威儀を正し、天にも届けとあらん限りの大声を合わせて、天の神々に捧げた祈りのことばは《「帝王の深き宮に養はれたまひて、いろいろの楽しみにおごりたまひしかど、深き御うつくしみ、大八州[*②]にあまねく、沈める輩をこそ多く浮かべたまひしか。今何の報いにか、ここら横様なる波風にはおぼほれたまはむ。天地ことわりたまへ。罪なくて罪にあたり、官[*③]、位を取られ、家を離れ、境を去りて、明け暮れ安き空なく嘆きたまふに、かく悲しき目をさへ見、命尽きなむとするは、前の世の報いか、この世の犯しかと、神仏明らかにましまさば、この愁へやすめたまへ」》というものである。

必死で神へ直訴をする供人たちの祈願のことばは格調高く響きわたる。一語一語に思いを籠め、天の神々にも迫るかのような強い調子である。「おぼほる」は溺れる。「ことわる」は筋道を立てて説明する。

要旨をたどれば、主人源氏は宮中で生育し奢りに耽ったこともあったが、慈悲の心は深く日本国中の苦境にある者を救った、それなのに何の報いで非道な波風を起こし、主人を淩《さら》おうとするのか、天の神々よ、その理由を示せ、主人は何の罪も犯していないのに、官位を奪われ都を追われ、つらい日々を耐えている、そんな人に追い打ち掛けて痛めつけ命も奪おうとするのは何ゆえか、前世の報いか、この世の罪か、この世に神仏がいるならばこの災難をどうか鎮めて欲しい、といったことである。

源氏と供人たちは住吉神社のある方角に向かって数多くの願を立てる。また海に住む[*④]という龍王や多くの神々に願を立てると、それに呼応するかのように雷鳴はますます激しくとどろき、ついには《おはしますに続きたる廊に落ちかかりぬ》――源氏の住む寝殿とつながる廊に落ちる。《炎燃えあがりて廊は焼けぬ》――たちまち火の手が上がって廊は焼失してしまった。

《心魂[*⑤]なくて、ある限りまどふ》と、その当たりにいた者は茫然自失し、ただおろおろと逃げ惑うばかりだった。しかしこの混乱の中、供人たちはとりあえず源氏の身を安全な所へと、寝殿の後方にある大炊殿――食事を調理する所――と思われる場所に移す。

そこには《上下となく立ち込みて、いとらうがはしく泣きとよむ声、雷にも劣らず》と、難を避けて逃げ込んで来た人々が、身分の上下を問わず詰め込まれごった返していた。中には恐怖の余り泣き叫ぶ者がいて、その声は雷鳴にも劣らないうるささで耳をつんざく。

外を眺めてみればいつの間にか《空は墨をすりたるやうにて、日も暮れにけり》と、日もとっぷり暮れた海面の上の方には、墨を摺ったような不気味な空が一面に広がっていた。

*②日本の古称。
*③源氏が官位を剥奪《はくだつ》され除名の処分を受けたことは、拙著『原文からひろがる源氏物語　須磨』18ページ参照。
*④仏経における異類。嵐をその所為かとも見ている。

＊⑤「心魂」は思慮才覚。それがなくなる状態、気が動転する。

父の声

やうやう風なほり、雨の脚しめり、星の光も見ゆるに、この御座所《おましどころ》のいとめづらかなるも、いとかたじけなくて、寝殿に返し移したてまつらむとするに、焼け残りたるかたも、うとましげに、そこらの人の踏みとどろかしまどへるに、御簾《みす》などもみな吹き散らしてけり。夜《よ》を明かしてこそはとたどりあへるに、君は御念誦《ねんず》したまひて、おぼしめぐらすに、いと心あわたたし。月さし出でて、潮《しほ》の近く満ち来《き》けるあともあらはに、名残《なごり》なほ寄せかへる波荒きを、柴《しば》の戸おしあけて、ながめおはします。近き世界に、ものの心を知り、来《き》し方行く先のことうちおぼえ、とやかくやとはかばかしう悟《さと》る人もなし。あやしき海士《あま》どもなどの、貴《たか》き人おはする所とて、集り参りて、聞きも知りたまはぬことどもをさへづりあへるも、いとめづらかなれど、え追ひも払はず。

「この風、今しばし止《や》まざらましかば、潮のぼりて残る所なからまし。神の助けおろかならざりけり」と言ふを聞きたまふも、いと心細しといへばおろかなり。

海にます神の助けにかからずは
潮の八百会《やほあひ》にさすらへなまし

《やうやう風なほり、雨の脚しめり、星の光も見ゆるに》と、猛威をきわめた暴風雨もいつのまにか去った。《なほり》《しめり》といったことばが自然現象の微妙な変化を伝える。須磨の海にようやく静寂が戻る。墨を摺ったようだった空には星が瞬いて美しい。

供人たちは火の手から主人を守らなくてはと、臨時の御座所を大炊殿に設けた。どうにか難は逃れたが、御座所をそんな雑多な所に置くことはいたたまれない。《この御座所のいとめづらかなるも、いとかたじけなくて》と思う。「めづらか」は自分の知識経験では思いも寄らない様を表す。供人からすればそんなことは有り得ない畏れ多いことなのである。

供人たちはすぐさま御座所を大炊殿から寝殿に戻すつもりで、寝殿あたりの様子を見に行く。だが供人の目に映ったのは《焼け残りたるかたも、うとましげに》という光景であった。落雷で炎上した廊の焼け跡には黒こげた残骸物がころがっており、ぞっとするばかりの有様である。「うとまし」は嫌だから見聞きしたくもない意。

火の手が上がった時、《そこらの人の踏みとどろかしまどへるに》と、大勢の人々がここに避難して来て、何やら叫びながら足をどかどかと踏み荒らしながら右往左往していたので《御簾などもみな吹き散らしてけり》と、御簾や部屋のしつらいも引きちぎられなどして無残な姿をさらしている。

こんな有様ではすぐには主人を移すことができないと判断した供人たちは、《夜を明かしてこそは》と相談し合う。(「夜を明かしてこそは」の後に「移さめ」が省略されている)が、当の源氏は《御念誦したまひて》と、経文を唱えつつ、神仏の加護を願って祈りに余念がない。しかし雑念がいろいろと頭をよぎり、《心あわたたし》と、不安の念が強く襲って心を落ち着かせることができない。

外に目を遣ればいつの間にか月が上っている。《潮の近く満ち来けるあともあらはに》と、月の明かりで高潮が近くまで押し寄せてきた跡がはっきりと見える。だが海はまだおさまってはおらず、《名残なほ寄せかへる波荒きを》と、暴風雨の余波で相変わらず波は高く荒れている。源氏は柴の戸を押し開けて、周囲の有様をじっと眺める。

源氏は孤独だった。それがしんしんと身に応えていた。知りたいこと話したいことが胸に満ち溢れているのに、それをぶつけられる相手は誰もいない。源氏はただ不安だった。何より自分を襲ったこの天変地異は一体何であったのかを知りたかった。だが周りには《ものの心を知り、来し方行く先のことうちおぼえ、とやかくやとはかばかしう悟る人》がいない。

ものの本質を見抜き、過去の事象からこの先の予想まで照らし合わせ、この度被った天変の意味をはっきり解き明かしてくれる人と、今話がしてみたいと切に思うのだった。

いつの間にか家の外には《あやしき海士どもなど》が集まっている。源氏たちが海の神に向かって祈りを捧げていたのを知り、誰かが祈りを捧げてくれた貴い人のいる所はあそこだ、というのを聞いてぞろぞろと押しかけて来たのだろう。みんな口々に《聞きも知りたまはぬことどもをさへづりあへるも》と、何を言っているのかよく分からないことを声高にしゃべりあっている。「さへづる」は田舎者が意味の分からないことばでしゃべること。

こんな所に人が大勢集まることなどめったにないことだったので、供人たちも《え追ひも払はず》側らで人々の様子を静観している。人々はどうやら源氏たちの祈りのお陰で暴風雨が収まったことに対する感謝のことばを言いに来たに違いない。

そんな海士たちの意を汲んだ供人は、源氏に向かって《「この風、今しばし止まざらましかば、潮のぼりて残る所なからまし。神の助けおろかならざりけり」》と言って、危ういところを救ってくれた源氏の祈りの効力を強調する。

源氏自身高潮の上った跡をまざまざと目にしていたので、風雨がもうしばらく止まないでいたならば間違いなく押し寄せた高潮にすべてを呑み込まれていたに違いないと、背筋の氷る思いはなお消えない。風を静めて命を救ってくれた神の力は《おろかならざりけり》――大変なものだったと、神に祈りを届けてくれた源氏を讃えたのだった。「おろか」は並一通り。

しかし、源氏はそれでも安堵の気持ちを持つことができなかった。それどころか言い知れぬ不安は一層募り、恐怖感は癒えず、先行きを考えれば《いと心細しといへばおろかなり》という心境だった。「〜といへばおろかなり」はまだことばが足りない様。ひとまず神の力によって命の危機をまぬがれたことへの謝辞を《海にます[*③]神の助けにかからずは潮の八百会にさすらへなまし》――住吉明神の加護を受けなかったなら今頃は遙か彼方の沖で行方知れずになっていただろうと、歌に詠む。「潮の八百会」は、多くの潮道（潮の流れの道）の集まり合う所。

*①「とどろかし」は雷の縁でこう言った。
*②柴、雑木を編んで作った垣根の戸。
*③「ます」「潮の八百会」いずれも祝詞の用語で六月十二月の晦に行われる大祓えに見える。

終日《ひねもす》にいりもみつる雷《かみ》の騒ぎに、さこそいへ、いたう極《ごう》じたまひにければ、心にもあらずうちまどろみたまふ。かたじけなき御座所《おましどころ》なれば、ただ寄りゐたまへるに、故院《こゐん》、ただおはしましし さまながら立ちたまひて、「など、かくあやしき所にはものするぞ」とて、御手を取りて引き立てたまふ。「住吉の神の導きたまふままに、はや舟出《ふなで》して、この浦を去りね」とのたまはす。いとうれしくて、「かしこき御影に別れたてまつりにしこなた、さまざま悲しきことのみ多くはべれば、今はこの渚《なぎさ》に身をや捨てはべりなまし」と聞こえたまへば、「いとあるまじきこと。これは、ただいささかなるものの報《むく》いなり。われは、位にありし時、あやまつことなかりしかど、おのづから犯《をか》しありければ、その罪を終《を》ふるほど暇《いとま》なくて、この世をかへりみざりつれど、いみじき愁《うれ》へに沈むを見るに、堪《た》へがたくて、海に入り、渚《なぎさ》にのぼり、いたく極《ごう》じにたれど、かかるついでに内裏《だいり》に奏すべきことあるによりなむ、急ぎのぼりぬる」とて、立ち去りたまひぬ。

この日一日、源氏は《いりもみつる雷の騒ぎに》気を張り無理をしつつ、未曾有の非常事態に対処していかなければならなかったので、《いたう極じたまひにければ》と、疲労困憊に陥っていた。《いりもみつる》は、ものを煎ったり揉んだりするように、雷の鳴り荒れる様。「極ず」は、極度に疲労すること。

源氏は《心にもあらずうちまどろみたまふ》と、不覚にもついうとうとする。そこは足を踏み入れたこともない大炊殿とはいえ、仮の御座所なので、体を横たえて休むわけにもゆかず、《ただ寄りゐたまへるに》と、ちょっとものに寄りかかってじっとしていた隙に睡魔に襲われたのだった。

すると、まどろむまもなく、目の前に故院が生前そのままの姿でじっと立っているではないか。故院は《「など、かくあやしき所にはものするぞ」》と叱りつけるように言うと、源氏の手を取って体を引き起こす。「あやしき」は見苦しい。そして《「住吉の神の導きたまふままに、はや舟出して、この浦を去りね。」》と、ここからの退去を命じる。「ね」は命令を表すことば。

久々にまぎれもない父故院の肉声を耳にした源氏の胸に熱いものが一気に込み上げる。源氏はうれしくてたまらず、懐かしくも慕わしくも湧き上がる感情の赴くままに、苦境に立たされている今の身の上を知ってもらおうと、《「かしこき御影に別れたてまつりにしこなた、*④さまざま悲しきことのみ多くはべれば、今はこの渚に身をや捨てはべりなまし」》と訴える。父と別れてから悲しいことばかりが続くので、生きる気力もなくなりこの地で果てようかと思うと、これまで誰にも見せなかった弱みをさらけ出す。会いたくてならなかった父に会えた喜びで気持ちも緩み、源氏は父に甘えてわがままを言ったのだった。

それに対して父は《いとあるまじきこと》と、こんなところで死んではならぬと叱責したあと、この異常気象は《ただいささかなるものの報いなり》と教える。「いささか」は量や程度の少なさを強調することば。ほんのちょっとした罪の報いで起こったことだ。自分は在位中は《あやまつことなかりしかど》――道に外れたことはしてこなかったと自負していたが、《おのづから犯しありければ*⑤》と、人というのは生きているうちに知らず知らず犯した罪というものが残っていくものだ。

これまで《その罪を終ふるほど暇なくて*⑥》その罪の償いをし終えるのに追われて、そちらの世のことを気に掛ける余裕もなかった。久々に源氏はどうしているかとそちらの様子をうかがえば、《いみじき愁へに沈む》源氏の姿が見えるではないか。そんな弱々しい源氏を見たことがなかったので《堪へがたくて》——居ても立ってもいられず、気が付くと体は冥界を抜け出てそちらを目指していたのだ。《海に入り、渚にのぼり》やっと辿り着いてそなたに会うことができた。長い道のり*⑦だったのでとても疲れているが、《かかるついでに内裏に奏すべきことあるによりなむ、急ぎのぼりぬる」》と、別れを告げると都の方角に向け立ち去る。ここまで来たのだから帝に言っておかなくてはと言うが、帝に苦言を呈しに行くのだろうか。父の後姿はみるみる小さくなってゆく。

＊④桐壺院と死別してからこのかた弘徽殿の大后一派の政治的圧迫によって須磨に退居せざるを得なかった事情を指す。

＊⑤生者が生きている間に犯した過ちは死後の世界果たさなければならない。死後地獄に陥ることを怖れ、生前は仏道修行に励むのは仏教の考え方である。桐壺帝は醍醐天皇を思わせる書き方がされているが、醍醐天皇には生前犯した五つの罪によって地獄に堕ちたという伝説がある。（北野縁起）

＊⑥死者が死んだ後までもわが子の身の上を思い、あの世にあってもなお庇護するという考えは仏教のものではなく、我が国に古くから存する考えである。死者は生者と連続して考えられて、生者は祖霊をまつり死者はいつまでも子孫を見守る。
＊⑦桐壺院の霊が冥界からこの須磨の浦までやって来た道中を言う。

飽かず悲しくて、「御供に参りなむ」と泣き入りたまひて、見上げたまへれば、人もなく、月の顔のみきらきらとして、夢のここちもせず、御けはひとまれるここちして、空の雲あはれにたなびけり。年ごろ夢のうちにも見たてまつらで恋しうおぼつかなき御さまを、ほのかなれど、さだかに見たてまつりつるのみ、おもかげにおぼえたまひて、わがかく悲しびを極《きは》め、命尽きなむとしつるを、助けに翔《かけ》りたまへると、あはれにおぼすに、よくぞかかる騒ぎもありけると、名残たのもしう、うれしうおぼえたまふこと限りなし。胸つとふたがりて、なかなかなる御心まどひに、うつつの悲しきこともうち忘れ、夢にも御答《いら》へを今すこし聞こえずなりぬることといぶせさに、またや見えたまふと、ことさらに寝入りたまへど、さらに御目も合はで、暁《あかつき》がたになりにけり。

やがて父の姿が視界から消える。源氏は《飽かず悲しくて》、父院への未練の情が込み上げ胸が一杯になる。それは現実のどこともつながらない夢のようなはかないものだった。そのはかなさに胸をかきむしられ、たまらなくなって思わず《「御供に参りなむ」》と叫ぶ。地団駄を踏んで悔しがる子供のようにその場に激しく泣き伏し思いをぶつける。

気が付くとしんとしてあたりに人もいない。父院の姿を探して見上げれば、澄み切った空には《月の顔のみきらきらとして》美しい。源氏は父院と会って話をしたことがどうしても夢の中の出来事のように思えない。《御けはひとまれるここちして》と、しばしの間父は確かにここに止まっていてくれた気がする、まだどこかで父の声やしぐさが聞こえたり見えたりしそうな気がする、そうした存在の実感が源氏を包み込む。体の中を温かい気持ちが流れるのを感じる。空を見上げれば雲が美しく棚引いて、源氏の気持ちに応えてくれているようだ。

これまで父院に逢いたいと願いながら、夢にさえ現れてはくれず《恋しうおぼつかなき》と思いばかりが募っていた。「おぼつかなし」は、はっきり認識できずに会いたい気持ちが募る。その《御さま》を源氏はやっと見ることができた。《ほのかなれど、さだかに見たてまつりつるのみ、おもかげにおぼえたまひて》と、夢の中ではあるが、はっきりとこの目に焼き付けた姿、形が今ありありと浮かんでくる。

父院は《わがかくかなしびを極め、命尽きなむとしつるを、助けに翔りたまへる》と、悲嘆のどん底にあって、生きる気力も失せこの地で果てようとしていた自分を助けに飛んで来てくれたのだと思うと、源氏は《あはれにおぼすに》じんと胸が詰まる。「翔[*8]る」は空を飛んで行くこと。父に会えたのもあのような恐ろしい天変地異で邸まで失う目に合ったからだ。《よくぞかかる騒ぎもありけると、名残たのもしう、うれしうおぼえたまふこと限りなし》と、父と会い心を通わせられたことの喜びをかみしめる。「たのもし」は、期待が持てる状態にある。父院がいつも見ていてくれるのだと思うと、この世に命を止め生きる力も湧き、源氏はようやく自分を取り戻す。

だが、夢で父院と邂逅した「名残」の感覚は源氏の中からなかなか消えずにたゆたっていた。《胸のつとふたがりて、なかなかなる御心まどひに》と、胸一杯に父を慕ってやまぬ切ない思いが広がる。なまなましく父の存在を感じたがゆえに心を乱す。

源氏は《うつつの悲しきこともうち忘れ》——現実に今陥っている苦境も忘れ、父との邂逅の夢の中の夢のような時を再現しようと試みる。すると《夢にも御答へを今すこし聞こえずなりぬることといぶせきに》と、あの時父になぜ言いたいことが言えなかったのか、もう少し返事がしたかったのにと、取り返しがつかないことをしてしまったような感じがして気が滅入る。「いぶせし」は、憂鬱な気持ちの晴らし所がなく気の塞がる思いである。

もしかしたら再び夢の中に現れてくれるかも知れないと淡い期待を抱いて眠ろうとするが、《さらに御目も合はで》と、眠ることなどできずに夜明けを迎えてしまったのだった。「目が合う」は眠ること。

*⑧亡き人の霊は空を飛ぶと考えられた。「天翔る」の例は多い。

出迎え

渚《なぎさ》に小さやかなる舟寄せて、人二三人ばかり、この旅の御宿《やど》りをさして来《く》。何人《なにびと》ならむと問へば、「明石の浦より、前《さき》の守新発意《かみしぼち》の、御舟よそひて参れるなり。源少納言さぶらひたまはば、対面《たいめん》して、ことの心とり申さむ」と言ふ。良清《よしきよ》おどろきて、「入道は、かの国の得意にて、年ごろあひ語らひはべりつれど、私《わたくし》にいささかあひ恨むることはべりて、ことなる消息《せうそこ》をだに通はさで、久しうなりはべりぬるを、波のまぎれに、いかなることかあらむ」と、おぼめく。君の、御夢などもおぼし合はすることもありて、「はや会へ」とのたまへば、舟に行《い》きて会ひたり。さばかりはげしかりつる波風に、いつの間にか舟出《ふなで》しつらむと、心得がたく思へり。

ふと海辺の方を見やると、波打ち際に一艘の《小さやかなる舟》が泊まっている。やがて中に乗っていたと思われる見慣れぬ姿の者が二三人ばかり、《この旅の御宿りをさして来》――こちらの源氏の仮り住まいを目指してやって来た。供人が何者かと尋ねると、明石の浦より、《前の守新発意の御舟よそひて参れるなり》――前の播磨守で新たに出家入道した者が迎えの舟を用意して参上した旨を告げる。

そして、《源少納言[*①]さぶらひたまはば、対面して、ことの心とり申さむ》と、良清を名指して面会を申し入れ、こうして迎えに参ったことの仔細を、良清を通して伝えたいと言う。《心》はわけ、意味。いきなり名指しを受けた良清は驚き困惑する。

だが、ともかくも皆には入道との関係を知ってもらわなくてはと思い、《「入道は、かの国の得意にて、年ごろあひ語らひはべりつれど、私にいささかあひ恨むることはべりて、ことなる消息をだに通はさで、久しうなりはべりぬる》と説明する。《得意》は親しい友。

入道は、播磨の国で長年にわたって親しい付き合いのあった友だが、このところ私的なことで少々気まずくなることが生じ、どうということのない手紙のやりとりもしなくなり、音信不通のまま今日に至っている。それなのに今更《波のまぎれに、いかなることかあらむ》

――こんなひどい風雨の中をぬって突如現れるとはどういうことなのか見当もつかないと、良清はいぶかしげである。

しかし、源氏は先ほどの《御夢なども おぼし合はすることもありて》[*②]と、夢の中の父院の命じたことが鮮やかに甦る。舟の準備があるということを聞けば、ここを脱出せよという父の言葉が現実のこととして今まさに実行に移されようとしているのではないかと直感する。そして《「はや会へ」》と強く勧める。主人の命とあっては行かないわけにはいかない。良清は事態が呑み込めないまま舟が泊まっている場所に案内され、入道に会う。

だが良清は、そもそもここに入道がいること自体が腑に落ちない。いったい入道は《さばかりはげしかりつる波風》の中を、《いつの間にか舟出しつらむ》――いつどんなふうにしてここまで辿り着いたのだろうか。しきりに不審がる良清をよそに、入道は語る。


*①良清の正式の呼称。従五位上相当。若紫の巻で明石の入道親子の噂話をした人物。

*②桐壺院が夢で「住吉の神の導きたまふままに、はや舟出して、この浦を去りね」と、言ったこと。


「去《い》ぬる朔日《ついたち》の日の夢に、さま異《こと》なるものの告げ知らすることはべりしかば、信じがたきことと思うたまへしかど、十三日にあらたなる験《しるし》見せむ、舟よそひまうけて、かならず、雨風止《や》まばこの浦にを寄せよ、と、かねて示すことのはべりしかば、こころみに舟のよそひまうけて待ちはべりしに、いかめしき雨風、雷《いかづち》のおどろかしはべりつれば、人の朝廷《みかど》にも、夢を信じて国を助くるたぐひ多うはべりけるを、用ゐさせたまはぬまでも、このいましめの日を過ぐさず、このよしを告げ申しはべらむとて、舟出《い》だしはべりつるに、あやしき風細う吹きて、この浦に着きはべりつること、まことに神のしるべ違《たが》はずなむ。ここにも、もししろしめすことやはべりつらむとてなむ。いと憚《はばか》り多くはべれど、このよし申したまへ」と言ふ。良清、忍びやかに伝へ申す。

「実は《去ぬる朔日》――三月一日*③の日に見た夢の中に、《さま異なるもの*④》――異形のものが現れて、驚くべきことを告げたのだ。それが余りにも突飛なことだったので直ぐには信じられないと思った。信じ切れない心の揺れを見透かしているかの如く、その者は《十三日にあらたなる験見せむ》――十三日に霊験あらたかなところを見せようと、具体的な日付けを示して神意であることをほのめかし、その時は《舟よそひまうけて、かならず、雨風止まばこの浦にを寄せよ》と、用意した舟は出航の支度を調えておき、風雨が止んだ時を見はからって須磨の浦を目指して行けと命じ、事細かに手立てと方法を指示する。

半信半疑のまま自分は《こころみに舟のよそひまうけて》と、言われた通り舟の準備をして十三日を待った。《こころみに》ということばが複雑に揺れる入道の心情を伝える。するとその日、《いかめしき雨風、雷のおどろかしはべりつれば》と、とりわけ激しい風雨に見まわれ、雷があたりかまわず鳴り響いて、普段とは違う天変地異が襲ってきたので、異形の者の言った「験」がこれではないかと気付いたのだ。「おどろかす」は、はっと気付かせること。

《人の朝廷にも、夢を信じて国を助くるたぐひ多うはべりけるを》——他国の朝廷にも夢を信じて国を救ったという例は沢山ある。入道は『史記』に書かれた、殷《いん》の武丁が夢で見た聖人を宰相に用いたら国が栄えたという話を思い浮かべる。

果たして我が国の高貴な方は、自分のような受領風情の夢の話など信じてくれるだろうか。まともに取り合ってくれないかもしれない。いや、《用ひさせたまはぬまでも》と、たとえ取り上げてくれなくてもかまわない。ただこのことを伝えるだけはぜひ伝えたいと思い、告知されたとおりの日に舟を出してやって来た次第である。

それもこんなひどい風雨なのに《あやしき風細う吹きて、この浦に着きはべりつる」こと、まことに神のしるべ違はずなむ》——不思議な追い風が一筋だけ吹いて航路を導き難なく須磨の浦に着いてしまった。まさしく神の仕業に違いない。

入道は、念のためこちらにも《もししろしめすことやはべりつらむとてなむ》——万一に

も思い当たるようなことがあるだろうかと問う。そして《いと憚り多くはべれど、このよし申したまへ》と言って話を結ぶ。自分の如き前播磨国守に過ぎない田舎者がこのようなことを申し出るのは畏れ多いことだが、源氏には事の次第を必ず伝えてほしいと、良清に気持ちを託す。良清は尋常な話ではないのであたりを憚り《忍びやかに》源氏の耳に入れる。

＊③源氏は須磨の巻末で「弥生《やよい》の朔日《ついたち》に出で来たる巳《み》の日」に海辺で祓《はら》えをした。
＊④住吉明神のお告げである。

君、おぼしまはすに、夢うつつ、さまざま静かならず、さとしのやうなることどもを、来《き》し方《かた》行く末《すゑ》おぼし合わせて、世の人の聞き伝へむ後《のち》のそしりもやすからざるべきを憚りて、まことの神の助けにもあらむを、背くものならば、またこれよりまさりて、人笑はれなる目をや見む、うつつの人の心だになほ苦し、はかなきことをもつつみて、われより齢《よはひ》まさり、もしや位高く、時世《ときよ》の寄せ今一際《ひときは》まさる人には、なびき従ひて、その心むけをたどるべきものなりけり、退きて咎《とが》なしとこそ、昔のさかしき人も言ひ置きけれ、げにかく命を極《きは》め、世にまたなき目の限りを見尽くしつ、さらに後《のち》のあとの名をはぶくとても、たけきこともあらじ、夢の中《なか》にも父帝《みかど》の御教へありつれば、また何ごとをか疑はむ、と、おぼして、御返りのたまふ。「知らぬ世界に、めづらしき愁《うれ》への限り見つれど、都のかたよりとて、言問《こと と》ひおこする人もなし。ただ行方《ゆくへ》なき空の月日の光ばかりを、故里《ふるさと》の友とながめはべるに、うれしき釣舟《つりぶね》をなむ。ただかの浦に静やかに隠ろふべき隈《くま》はべりなむや」とのたまふ。限りなくよろこび、かしこまり申す。ともあれかくもあれ、夜《よ》の明け果てぬさきに御舟にたてまつれ、とて、例の親しき限り四五人ばかりして、たてまつりぬ。例の風出で来て、飛ぶやうに明石に着きたまひぬ。ただはひわたるほどは片時の間《ま》といへど、なほあやしきまで見ゆる風の心なり。

源氏はそれを聞いて《夢うつつ、さまざま静かならず、さとしのやうなることどもを》と思案を巡らせる。このところ夢の中でも日々の生活に於いても、さまざまに形を変えて何やら不穏な現象がわが身に起こるので、これは神が自分になにかを悟らせようとするしるしなのではないかと思うようになった。例えばこの間見た夢の中では龍王がしきりに誘いを掛けてくるし、この間は院が現れて私に命を下すことがあった。実際の上でもこのようにすさまじい暴風雨が長い間止まず、その中を入道が舟に乗って訪ねて来たことも普通では考えられないことだ。

源氏は《来し方行く末おぼし合わせて》と、このことが過去から未来にわたって自分の人生にどんな影響を及ぼすのだろうかと考える。最も気になるのは《世の人の聞き伝へむ後のそしりもやすからざるべき》ということである。自らが決めた流謫《るたく》の地須磨を捨て、入道の舟で明石に移ったと伝え聞いた時の、世間の人の非難中傷は並大抵のものではないだろうと想像する。謹慎中の人間が掟を破って幾外に逃亡するのだから。《そしり》は非難中傷。

しかし、そのことを気に病んで入道の迎えに応じなかったとして、もしそれが本当に神意に依る迎えの舟だとしたら、自分は神の意向に背いたことになる。それこそ《またこれよりまさりて、人笑はれなる目をや見む》と、今以上に世間の物笑いの種になるだろう。

《うつつの人の心だになほ苦し》と源氏は自らの体験から推してつぶやく。普通の人の場合ですら人の意向に背くとなると苦しい思いをしなければならないものだと言う。だからこそ《はかなきことをもつつみて》と、これまでは気にも留めなかった些細なことに対しても、謙虚な気持ちを向けて考えるべきではないだろうか。

《われより齢まさり、もしや位高く、時世の寄せ今一際まさる人には、なびき従ひて、その心むけをたどるものなりけり》と考えを進める。相手が自分より年上の者であったり、位も高く世間の信望も一段と優れている者には、なびき従ってその意向を尊重し、その人の気持ちに思いを巡らせて理解すべきであろう。

こうした熟慮を重ねた上で、源氏は入道の迎えは神の意向に違いないと判断を下し、あえて明石という畿外に出て、偏屈者の前播磨守のような人物の庇護をも受けることを決意したのである。

須磨の孤独な退居生活は、世の中あるいは人に対しての考え方に幅をもたらし、思慮深く謙虚な見方を身に付けるようになったのだろう。源氏はさらに昔の賢人が言い残したという《退きて咎なし》*⑤——万事控え目にしていれば間違いないという手堅いことばまで思い浮かべて、入道を受け入れようとしている自分を納得させる。

実際自分はこんな所で《げにかく命を極め、世にまたなき目の限りを見尽くしつ》と、命の瀬戸際まで追い詰められるという苛酷な体験をしてきた身である。《さらに後のあとの名をはぶくとても、たけきこともあらじ》と思って居直る。「はぶく」は少なくする、のぞく。「たけきこと」はよりよいこと。仮に後世に伝えられるだろう、悪評を気に掛けて入道の迎えに応じなかったとしても、また気に留めずに応じたとしてもたいして変わりはないであろう。これ以上の悪評を受けることはあるまいと、ようやく源氏は気持ちを収める。世評にこだわって入道をうけいれることに躊躇した源氏も《夢の中にも父帝の御教へありつれば、また何ごとをか疑はむ》と、内に秘める父帝のことばを改めて甦らせ自信を持って一歩行動に踏み出る。入道に丁重な承諾の返事を伝えたのである。

源氏の返事は相手への気遣いに満ち、格の違いを感じさせる洗練されたことばで尽くされていた。《知らぬ世界に、めづらしき愁への限り見つれど、都のかたよりとて、言問ひおこする人もなし。ただ行方なき空の月日の光ばかりを、故里の友とながめはべるに》と、ただ須磨ではいかに孤独の中で暮らしてきたかを美しいことばで語り、《うれしき釣舟をなむ。かの浦に静やかに隠ろふべき隈はべりなむや》と、入道の迎えを喜んで受け、そちらの地に身を寄せたいと率直に申し出たのである。《知らぬ世界》は須磨の暮らしのこと。《めづらしき》は経験したことがないような。《言問ひおこする》は便りを寄越すこと。《隠ろふべき隈》は隠れ住むに適した物陰。《うれしき釣舟》は「波にのみぬれつるものを吹く風の便りうれしき海人の釣舟」(『後撰集』紀貫之)による。

一蹴されるかもしれないと不安を抱えながら返事を待っていた入道は、源氏のことばに《限りなくよろこび、かしこまり申す》と、狂喜乱舞の心境だった。《かしこまり》はお礼。しかし夜明けは近く、喜びに浸ってばかりはいられない。

入道は早速《ともあれかくあれ、夜の明け果てぬさきに御舟にたてまつれ》と言って、源氏に直ぐの乗船を促す。「たてまつる」は乗るの尊敬語。源氏は側で親しく仕える者ばかり四五人と共に舟に乗り込む。すると暴風雨の中、入道を導いたという「あやしき風」が再び吹いて、源氏一行は《飛ぶやうに》明石に着く。

須磨と明石の間はもともと《はひわたるほど》――近い距離を歩いて行くほどの近さにあり、舟に乗ったとしてもあっという間に着く距離である。が、それにしても《なほあやしきまで見ゆる風の心なり》と、不思議な力が働いて一直線に運ばれて行く様は気味が悪いほどだった。

＊⑤『河海抄』に「老子経に曰く、退かざれば咎あり」と引くが今の「老子」にはない。

明石の館

浜のさま、げにいと心ことなり。人しげう見ゆるのみなむ、御願ひにそむきける。入道の領《らう》じ占めたる所々《ところどころ》、海のつらにも山隠れにも、時々につけて興《きよう》をさかすべき渚《なぎさ》の苫屋《とまや》、行ひをして後《のち》の世のことを思ひすましつべき山水《やまみづ》のつらに、いかめしき堂を建てて三昧《ざんまい》を行ひ、この世のまうけに、秋の田の実《み》を刈りをさめ、残りの齢《よはひ》積むべき稲の倉町《くらまち》どもなど、をりをり所につけたる見どころありてし集めたり。高潮に懼《お》ぢて、このころ、娘などは岡辺《おかべ》の宿《やど》に移して住ませければ、この浜の館《たち》に心やすくおはします。

舟中より遙かに広がる美しい浜の様を眺めわたしながら、源氏は、《げにいと心ことなり》――なるほど格別に趣深いところだと感じ入る。《げに》と源氏がうなずくのは、かつて病気療養で北山を訪れた時、良清が力を込めて明石の魅力を「ただ海の面を見わたしたるほどなむ、あやしく異所に似ず、ゆほびかなる所にはべる」と語っていたことを思い出すからだ。ここは須磨と違ってさびれた所ではない。田畑も人家も目に飛び込んでくる。住み心地のよさそうな所かも知れないと思う。ただ《人しげう見ゆるのみなむ、御願ひにそむきける》と、源氏の立場からすれば静かな所で目立たないように暮らしたいので、人目が多そうに見える点だけは不本意なことかと密かに思う。

そこら一帯の広大な土地は、山の上からずっと下って海岸に至るまで入道の所領と思われる。《入道の領じ占めたる所々、海のつらにも山隠れにも》と、その所領の所々には、海岸のあたりにも、山の陰の隠れたところにも人目を引く家々が建てられている。《時々につけて興をさかすべき渚の苫屋*①》と、海辺には、四季折々に応じて趣が異なり立ち寄ってみたくなるような洒落た苫屋などがある。「興をさかす」は興をわかせる。かと思えば《行ひをして後の世のことを思ひすまひつべき山水のつらに》と、勤行に励み後世《ごせ》のことを心静かに思うにふさわしい山中の川のほとりなどに、立派な堂が建てられている。そこでは《三昧を行ひ》、ひたすら仏道修行に打ち込むこともできそうだ。

そしてまた暮らしを維持していくための《この世*②のまうけ》として、《秋の田*③の実を刈りをさめ》と、秋には黄金に波打つ田甫の稲を収穫して収める。《まうけ》は用意をする。《残りの齢積*④むべき稲の倉町どもなど》と、余生を豊かに送るのに充分な稲を貯えておく倉が幾つも建ち並ぶ一画もあったりする。四季折り折りにつけ所につけ、一見の価値あるものを集めて見せるのが入道の流儀であるらしい。《をりをり所につけたる見どころありてし集めたり》の強意を表す《し》、《集めたり》ということばなどから、入道の豊富な財力の一端を伺い知ることができよう。

このころ高潮の恐怖から、娘などは《岡辺の宿》に移して住まわせていたので、入道の館には空きがあった。源氏はここならば誰に気兼ねをすることもなく過ごせると思い、《浜の館》の客人となる。

*①菅《すげ》、萱《かや》などで屋根を葺いた小屋。
*②「後の世」に対して「この世」、現実の生活の用意。
*③「田の実」は「頼み」を掛けて使われる歌語。
*④「積む」は稲にも掛かる掛詞。

舟より御車にたてまつり移るほど、日やうやうさしあがりて、ほのかに見たてまつるより、老《おい》忘れ、齢《よはひ》延ぶるここちして、笑《ゑ》みさかえて、まづ住吉の神を、かつがつ拝《をが》みたてまつる。月日の光を手に得たてまつりたるここちして、いとなみつかうまつること、ことわりなり。所のさまをばさらにも言はず、作りなしたる心ばへ、木立《こだち》、立石《たていし》、前栽《せんざい》などのありさま、えも言はぬ入江《いりえ》の水など、絵に描《か》かば、心のいたり少なからむ絵師は描き及ぶまじと見ゆ。月ごろの御住《すま》ひよりは、こよなくあきらかに、なつかし。御しつらひなど、えならずして、住《すま》ひけるさまなど、げに都のやむごとなき所々に異《こと》ならず、艶《えん》にまばゆきさまは、まさりざまにぞ見ゆる。

《舟より御車にたてまつり移るほど、日やうやうさしあがりて》——源氏一行は舟よりいよいよ明石の地に下り立つ。空も次第に明るくなり、日が昇るころを待って車に乗り換え、一路入道の邸に向かう。源氏は明石入道に賭けた。そして都を出る時は予想もしていなかった見知らぬ土地での暮らしに一歩踏み出したのである。

入道はあたりが明るくなって初めて、噂には聞いていた源氏の顔をそれとなく《ほのかに》目にしたのだが、たちまちのうちに見たこともない美しさに魅了される。偏屈ものとしてこれまで険しい顔を見せて生きてきた入道が、源氏に会ったとたんに《老忘れ、齢延ぶるここちして、笑みさかえて》という体たらくである。「笑みさかゆ」は、満面に笑みを浮かべる。

入道は長らく娘の婿となるべき都の高貴な人と出会うのを願って、神に祈りを捧げてきたが、願い叶って眼前に現れたのが源氏のような最高位の格別美しい貴人であったことの喜びはたとえようもないものだった。偶然とは言え、通常では手の届くはずもない雲の上人と巡り合わせてくれた住吉の神に、まずは感謝の気持ちを込めて《かつがつ拝みたてまつる》のを忘れない。《かつがつ》はとりあえず、急いで。

喜びに溢れ返り気持ちの収まりようがないその心境を、《月日の光を手に得たてまつりたるここちして》と大仰に語る。《手に得》という言い方に、自らの力で独自の人生を切り開いてきた元受領の生き方が伺える。そんな入道が《いとなみつかうまつること》と、身を捧げるようにして源氏の世話に勤《いそ》しんだのは言うまでもない。

源氏は明石が気に入る。《所のさまをばさらにも言はず》と、良清が誇っていたように明石の浦の景色はどこにも引けを取らない絶景と言ってよいだろう。それのみならずその一部を占めてそびえ立つ入道の館の豪華さには圧倒される。

入道が《作りなしたる心ばへ》――手を掛け心を傾けて作り上げ、邸の随所にちりばめられた趣向がそれぞれに素晴らしい。たとえば《木立、立石、前栽などのありさま》――庭の木立、池や遣水の石組み、庭先の植え込みの模様、《えも言はぬ入江の水など》――庭園内に取り込まれた海岸線のただならぬ美しさなど。これらを絵に描き表そうとしても《心のいたり少なからむ絵師は描き及ぶまじと見ゆ》と、技術に長けていても《心のいたり》が少ない絵師ではとても表現できない美しさだと、絵に造詣の深い源氏が賞賛を惜しまない。《心のいたり》は心境、思慮の深さをいう。

これまでの須磨の住居に比べたら《こよなくあきらかに、なつかし》と、明石の明るさ、住み心地のよさを強調する。《御しつらひなど、えならずして》と、源氏が使う家具調度類なども普通では目にできないような最高級のものが取り揃えられている。

総じて言えば入道の暮らしぶりは、《げに都のやむごとなき所々に異ならず》——実際都の高貴な身分の人たちと比べても少しも引けをとらないし、《艶にまばゆきさまは、まさりざまにぞ見ゆる》と、風情がありながらもきらびやかな美しさに富んでいるという点では、入道の方が一段上のように見える。《艶に》は風情があって魅力的。習慣や伝統に縛られる都人にはない魅力を源氏は知る。入道は贅を尽くせる自由を持っていることで、都の中にいるだけでは到底想像がつかない新しい世界を、かいま見せてくれるのかもしれないとも思う。

すこし御心しづまりては、京の御文ども聞こえたまふ。参れりし使《つかひ》は、「今はいみじき道に出で立ちて悲しき目を見る」と泣き沈みて、あの須磨にとまりたるを召して、身にあまれる物ども多くたまひてつかはす。むつましき御祈りの師《し》ども、さるべき所々には、このほどの御ありさま、くはしく言ひつかはすべし。入道の宮ばかりには、めづらかにてよみがへるさまなど聞こえたまふ。

こうして源氏は須磨を脱出し、明石入道の邸で暮らすことになった。明石の雰囲気にも慣れ、少し気持ちも落ち着いてから京のあちこちへ便りを出す。

あの暴風雨の中、二条の院からほうほうの体で須磨に辿り着いた使者は、その後どうしているのか。実は使者は須磨の異常気象に当てられたまま立ち上がれなくなっていた。《「今はいみじき道に出で立ちて悲しき目を見る」》——今度の使いの旅では、てひどい目にあったものだと言っては未だに嘆き悲しんで涙を落とし、わけもなくふさぎこんでいたのである。源氏は須磨に逗留していたその使者を呼び、《身にあまれる物ども多くたまひてつかはす》と、分に過ぎるほどの豪華な褒美の品を幾つもとらせて、あの時の労苦をねぎらう。その上で二条の女君への手紙を持たせて京へと帰したのだった。

何はさておき、一連の変事のため須磨を捨て、明石入道の客人となったいきさつを、密かに都へ知らせなければならない。勅勘を被り謹慎の身であるゆえに、明石への移動が勝手な振る舞いとして世間に取り沙汰されてはまずいのである。

まず源氏は《むつましき御祈りの師ども》――源氏の立場をいかなる時も守ることを使命と考える、出入りの祈祷師たちに《このほどの御ありさま、くはしく言ひつかは》し、自分の判断の是非を改めて確かめる。彼らならば必要な祈祷を臨機応変に施してくれるだろう。《さるべき所々》――東宮御所や左大臣家などにも同様に詳しく伝えておき、何か事が起こった場合の備えとする。

《入道の宮ばかりには》と、《ばかりに》ということばに思いを込めて、秘密を共有する運命共同体の藤壺には、《めづらかにてよみがへるさまなど》と、身にさまざまな不思議が起こったことも、命の危機に曝されたが奇しくも甦ったことも、包み隠さずありのままに伝える。藤壺に向き合う心情には自分のすべてをさらけ出したい、常に自分の真実の姿を知っていて欲しいと願う甘えの心がある。


二条の院のあはれなりしほどの御返りは、書きもやりたまはず、うち置きうち置き、おしのごひつつ聞こえたまふ御けしき、なほ異《こと》なり。

かへすがへすいみじき目の限りを見尽くし果てつるありさまなれば、今はと世を思ひ離るる心のみまさりはべれど、「鏡を見ても」とのたまひしおもかげの離るる世なきを、かくおぼつかなながらやと、ここら悲しきさまざまのうれはしさは、さしおかれて、

遙《はる》かにも思ひやるかな知らざりし

浦よりをちに浦伝《うらづた》ひして

夢のうちなるここちのみして、さめ果てぬほど、いかにひがごと多からむ。と、げに、そこはかとなく書き乱りたまへるしもぞ、いと見まほしき側目《そばめ》なるを、いとこよなき御心ざしのほどと、人々見たてまつる。おのおの、故里《ふるさと》に心細げなる言伝《ことつて》すべかめり。をやみなかりし空のけしき、名残《なごり》なく澄みわたりて、漁《あさり》する海士《あま》ども、ほこらしげなり。須磨はいと心細く、海士の岩屋もまれなりしを、人しげき厭《いと》ひはしたまひしかど、ここはまた、さま異《こと》にあはれなること多くて、よろづにおぼしなぐさまる。

源氏は暴風雨の最中に受け取った紫の上からの《あはれなりしほどの》手紙の返事を書か

なくてはと思って机に向かうが、《書きもやりたまはず》と、一気に書き上げることができない。「あはれ」は、しみじみと深く心にしみ入る。ことばを選んで身構えても、鮮やかに浮かぶ面影が邪魔をする。それでも乱れがちの心を押さえ、筆を《うち置きうち置き》《おしのごひつつ》と、溢れる涙をぬぐいながら、一筆ずつやっとの思いで筆をすすめるのだった。机の前で泣き崩れるそんな源氏の姿は《なほ異なり》と、二条の女君へ寄せる思いがいかに特別のものかを供人たちに思い知らせる。

そのようにして書かれた二条の女君宛の手紙で、源氏はまず《かへすがへすいみじき目の限りを見尽くし果てつるありさまなれば、今はと世を思ひ離るる心のみまさりはべれど》と、須磨では、もはや出家しかないと思い詰めるほどひどい目ばかりにあったと強調して二条の女君の気を引こうと試みる。《いみじき目》は、大変ひどい目。《世を思ひ離るる心》は、世を捨て出家の志。

けれどもいざ出家しようとわが身を省みれば、「[*5]鏡を見ても」と詠んだ女君の顔がどうしても頭から離れない。未練がましい有様で《かくおぼつかなながらや》——こんなに恋しいのに逢えないままこの世を捨ててしまうのは、とても堪えられそうになく、《ここら悲しきさまざまのうれはしさは、さしおかれて》と、これまで自分が経験した数々のつらさなど二の次に思えてくると述べて話をつなぐ。《おぼつかな》は、様子が分からず定かでない。ここにいては女君を見、声を聞き、手に触れることができない。

このように女君への思いのたけを伝えた後に、《遙かにも思ひやるかな知らざりし浦よりをちに浦伝ひして》——未知の土地だった須磨から更に遠い明石に浦伝いに移り、遙かかなたの都の人を思っているという、住居移動の知らせを兼ねた歌を添える。《をち》は遠い所。あとがきに《夢のうちなるここちのみして、さめ果てぬほど、いかにひがごと多からむ》と付け加える。こちらに落ち着くまで、次々と起こる不思議な出来事に巻き込まれたまま、ずっと夢の中にいるような心地でおり、この手紙も夢から覚めない状態で書いたものだから変なところが沢山あるかもしれないと、近況を織り交ぜて語る。《ひがごと》は事実とは違うこと。

語り手は、源氏が心乱れる中で書いたわが手紙には《ひがごと》が多いなどと、つぶやいたことを受けて、《げに、そこはかとなく書き乱りたまへるしもぞ、と見まほしき側目なるを》、と言ってひやかす。《書き乱りたまへるしもぞ》の《しも》《ぞ》と強調のことばを重ねて、普段と違う源氏が、そこはかとなく書き乱れた様を示しているのだったら、ちらっとでいいから見てみたいと思う。その姿もまた一層美しく見えるに違いないと想像する。

しかし供人たちは、その乱れを《いとこよなき御心ざしのほど》と、二条の女君に対する愛情が唯一無二のものである証拠と見る。遠く離ればなれに暮らしていても、夫婦の絆は深く結ばれていることに安堵しつつ、主人を見守る。《おのおの、故里に心細げなる言伝すべかめり》と、源氏に触発されて供人たちも、それぞれ京の留守宅に明石への転居を知らせる。が、それは《心細げなる》——先行きが読めず不安に満ちた手紙を送ることになってしまったようだ。主人が転居のいきさつを夢の中にいるようだと述べているくらいなので、供人の立場からすれば当然のことであろう。

外に目を向ければ、須磨では《をやみなかりし》空模様も明石に来てすっかり変わり、《名残なく澄みわたりて》一点の雲もない抜けるような青空が広がっている。「をやむ」は少しの間休むこと。

海辺で《漁*⑥する海士ども、ほこらしげなり》と、漁をする漁師たちも威勢よく働き活気に満ちて見える。須磨は《いと心細く、海士の岩屋もまれなりしを》と、人気なく漁師小屋さえめったに見ないようなさびれた所だったが、ここ明石は《人しげき厭ひはしたまひしかど、ここはまた、さま異にあはれなること多くて、よろづにおぼしなぐさまる》何かと気持ちが和らぐ所だった。源氏には謹慎の場所として人が多いことが難点ではあったが、風情に富んだ土地柄で、心惹かれることも多かったのである。


*⑤「わかれても影だにとまるものならば鏡を見てもなぐさめてまし」（拙著『原文からひろがる源氏物語　須磨』40ページ）参照、二条院の女君の歌。

*⑥「あさりする与謝《よさ》の海士人《あまびと》ほこるらむ浦風ぬるく霞わたれり」（恵慶《えぎょう》法師集）による。

あるじの入道

あるじの入道、行ひ勤《つと》めたるさま、いみじう思ひすましたるを、ただこの娘ひとりをもてわづらひたるけしき、いとかたはらいたきまで、時々漏らし愁《うれ》へきこゆ。御こちにもをかしと聞きおきたまひし人なれば、かくおぼえなくてめぐりおはしたるも、さるべき契《ちぎ》りあるにやとおぼしながら、なほかう身を沈めたるほどは、行ひよりほかのことは思はじ、都の人も、ただなるよりは、言ひしに違《たが》ふとおぼさむも心はづかしうおぼさるれば、けしきだちたまふことなし。ことに触れて、心ばせ、ありさま、なべてならずもありけるかなと、ゆかしうおぼされぬにしもあらず。ここには、かしこまりて、みづからもをさをさ参らず、もの隔たりたる下《しも》の屋《や》にさぶらふ。さるは、明け暮れ見たてまつらまほしう、飽かず思ひきこえて、いかで思ふ心をかなへむと、仏神《ほとけかみ》をいよいよ念じたてまつる。

館の主人、明石入道の日ごろの勤行は厳しいものだった。その自らを律した修業ぶりから察すれば、入道はこの世の煩悩などすっかり捨て去って、悟りきった境地にある僧のように見受けられる。だが、そんな入道も、一人娘のこととなると、《もてわづらひたるけしき》をあらわに示してまるきりの俗物となる。「もてわづらふ」は持て余す、手を焼く。それも《いとかたはらいたきまで》の思わせぶりな悩みようを見せ、時折り源氏の前で《漏らし愁へきこゆ》と、娘の将来はどうしたものか、判断しかね困り果てている、などとこぼしたりするのだった。「かたはらいたし」は、はたで見てもみっともないほど。

その娘は、源氏が以前入道の娘についての噂を耳にした時、《をかし》——美しい人だと聞いてずっと心に留め置いてきた人だった。それが運命の変転により思いもかけず自身が明石に来ることになり、その娘と身近にかかわることになるのも《さるべき契りあるにや》と、前世からの因縁が働いているに違いないと感じるので、気持ちが引き摺られそうになるのは確かである。

しかし源氏はすぐに今置かれている現実に立ち返る。新たな女の存在など雑念にすぎない。頭から消し去りたい。《なほかう身を沈めたるほどは、行ひよりほかのことは思はじ》と、ここでは勤行以外のことには目を向けまいと思って身を引き締める。朝廷からの咎めを受けて謹慎中であることを《身を沈めたる》ということばで深く自覚し、自らを戒める。

勤行以外のことには、どんな人並みのことであっても関係を持ってはいけない身なのだと思う。そんなことをしたら《都の人》――二条の女君に《言ひしに違ふ》[*①]と思われるのが《心はづかしう》と感じる。「心はづかし」は、優れた相手に対しきまりが悪い。《ただなるよりは》――都にいて普通に暮らしている時よりは、離れている時だからこそ嘘はつきたくない。けなげに二条の院を守って自分を待っている、二条の女君を欺き悲しませたくないと心の底から思う。

だから入道にも《けしきだちたまふこと》はしなかった。「けしきだつ」は、それらしい素振りを見せること。入道が娘のことでどんなに《愁へ》て気を引こうとしても、源氏はたんたんと応じるだけだった。

だが、娘の存在を心の内から完全に追い払ったわけではなかった。それは不可能に近かった。ここに住んで居れば娘についての噂は、《ことに触れて》否応なしに耳に入ってきた。それが密かに源氏を刺激する。《心ばせ、ありさま》は、《なべてならずもありけるかな》――なみなみのものではないというではないかと、ますます美しくなっているだろう娘の像を心中で脹らませたりしている。そんな密かに揺れる源氏を、語り手は《ゆかしうおぼされぬにしもあらず》気持ちが引かれないわけでもないと、二重否定による肯定の微妙な言い回しで説明する。「ゆかし」はどんな様子か見たい。

入道は同じ館に住んでいても源氏のいる御座所にはめったに近寄らない。《かしこまりて、みづからもをさをさ参らず、もの隔たりたる下の屋にさぶらふ》と、家の中でも自分との距離をできるだけ遠くにおいて大切な貴人をもてなしてしている。《下の屋》は召使いなどの居室に当てる建物。《もの隔たりたる》の《もの》は、世間のきまりという意を含み、入道の源氏との身分格差を意識したことば。しかし、入道は広大な邸の片隅に身を置きながら、絶えず同じ空間に源氏がいるということを強く意識して日々を過ごしていた。

実はそのくせ《明け暮れ見たてまつらまほしう、飽かず思ひきこえて、いかで思ふ心をかなへむ》というのが、入道の本当の気持ちだった。朝に晩に側にいて婿としての源氏の世話をしたくてたまらないのだ。手が届く所に源氏がいるというのに、それができないのが歯がゆくてならない。その満たされない心を神仏にぶつけるように、源氏を婿にできるよう力を与えて欲しいと夢中になって祈りを捧げるのだった。

＊①「言ひしに違ふ」は引歌。「ほどふるもおぼつかなくはおもほえず言ひしに違ふとばかりはしも」(出典不詳)

年は六十ばかりになりたれど、いときよげにあらまほしう、行ひさらぼひて、人のほどの、あてはかなればにやあらむ、うちひがみ、ほれぼれしきことはあれど、いにしへのものをも見知りて、ものきたなからず、よしづきたることも交《まじ》れれば、昔物語などせさせて聞きたまふに、すこしつれづれのまぎれなり。年ごろ、公私《おほやけわたくし》、御暇《いとま》なくて、さしも聞き置きたまはぬ世の古事《ふること》ども、くづし出でて、かかる所をも人をも、見ざらましかばさうざうしくや、とまで、興ありとおぼすことも交《まじ》る。かうは馴れきこゆれど、いと気《け》高う心はづかしき御ありさまに、さこそ言ひしか、つつましうなりて、わが思ふことは心のままにもえうち出できこえぬを、心もとなうくちをしと、母君と言ひ合はせて嘆く。正身《さうじみ》は、おしなべての人だに、めやすきは見えぬ世界に、世にはかかる人もおはしけりと見たてまつりしにつけて、身のほど知られて、いと遙《はる》かにぞ思ひきこえける。親たちのかく思ひあつかふを聞くにも、似げなきことかなと思ふに、ただなるよりはものあはれなり。

入道は年すでに六十を迎えていたが、《いときよげにあらまほしう》と、身仕舞いもこぎれいにして好印象を与え、精悍さを感じさせる老人だった。だが、《行ひさらぼひて》と、過度の勤行で体を痛めつけたせいか、痩せこけて痛々しく見える。「さらぼふ」は痩せて骨張る。

それでも《人[*2]のほどの、あてはかなればにやあらむ》――身に備わった人品の貴いせいだろうか、《うちひがみ、ほれぼれしきことはあれど》といった欠点を、補って余りあるほどの《いにしへのものをも見知りて》という、豊かな学識、高い教養の持ち主だった。「うちひがみ」は、ちょっと偏屈で。「ほれぼれし」は、ぼんやりして忘れたりする。
《ものきたなからず、よしづきたることも交じれれば、》と、ことば遣いや立ち居振る舞いにもどことなく気品が感じられ、風情あるところも身に付けているので、源氏は入道を呼び寄せては《昔物語などせさせて》聞き役に回る。入道の話は意外に面白く、知らず知らずに引き込まれて時を忘れる。源氏は《すこしつれづれのまぎれなり》と、須磨では得られなかった心慰む時を過ごせたと感慨深い。

振り返ってみれば、長い間源氏の《公私、御暇なくて》と、公私にわたる都人としての生活は多忙を極めていた。都では帝を初めとした殿上人たち、さまざまな女たちが源氏を必要としていた。都を離れ、遠く明石まで来て入道に会い、初めてゆったりとした時を持てたのだった。

そんな源氏にとって入道の話は新鮮だった。若い入道がその昔宮中で勤めに励んでいた頃見聞きしたさまざまな出来事、言わば一昔前の宮中の歴史で、《さしも聞き置きたまはぬ古事ども》と、源氏がこれまで聞いたこともなかった話を入道は《くづし出でて》気をもたせながら伝える。「くづし出づ」は端から少しずつ話し出すこと。

それは都を出て以来の渇いた心を潤してくれるような時間だった。源氏は入道に刺激され惹かれてゆく。《かかる所をも人をも、見ざらましかばさうざうしくや、とまで》――明石という所も入道も知らないでいたならば、どんなに物足りない思いがしたであろうかとまで思わせるほど、入道は源氏の側に居なくてはならない存在となる。

入道の話には《興ありとおぼすことも交る》と、源氏の好奇心をかき立てずにはおかない面白い話題が交じっていたのである。入道は都の立身出世の道をあえて捨て、今の繁栄を築いてきた人である。都人にはない独自の鋭いものの見方を示してくれるのであろう。こうして《かうは馴れきこゆれど》と、入道は話し相手になるほど源氏と近しくなる。

しかし、入道は源氏の前へ出ても《いと気高う心はづかしき御ありさまに》気押されて、《つつましうなりて》身がすくんで遠慮してしまう。以前には妻に向かって「いかでかかるついでに、この君にたてまつらむ」と、この機会に何としても娘は源氏に差し上げるのだと豪語していたけれども、当の源氏を目の前にすれば高貴な美しさに圧倒され、わが身のみすぼらしさにすくみ、《わが思ふことは心のままにもえうち出できこえぬを》――思うことは何一つ言い出せないのだ。何で言い出せないのか、《心もとなうくちをし》と、自分の意気地なさがじれったく残念でならないと、妻にこぼしてはため息をつくばかりだった。

一方、娘の方は源氏のことをどう思っているのだろうか。《おしなべての人だに、めやすきは見えぬ世界に》と、娘の男を見る目はきびしい。娘は良清はじめ多くの受領級の求婚者たちを見てきたに違いないが、こんな田舎にはこれまで《めやすき》男でさえ誰一人いなかったと言う。「めやすし」は見て感じがいい。

娘が源氏を、ちらっと見た時は、世の中にこんな美しい人もいるのだと思って心には留めた。しかし、源氏が自分の相手と考えると、《身のほど知られて、いと遙かにぞ思ひきこえける》——自分は受領の娘にしか過ぎないと、わが身の程ばかりが思い知らされ、源氏など手の届かない別世界の人と思うだけである。親たちが《かく思ひあつかふを聞くにも》何と不釣り合いな縁談なのかと他人事のように感じる。「思ひあつかふ」は、どうにかならないかと思い悩む。

けれども《ただなるよりはものあはれなり》と、これまでは親が願っているだけで源氏とは何のつながりもなかったが、今は源氏が身近な所にいるということだけでしみじみとものを思うことが多い。娘もそれだけ何かと源氏の存在を意識してしまうのだった。

＊②入道は大臣の家柄に生まれ（『若紫』既出15ページ）、源氏の母桐壺更衣の父按察使《あぜち》の大納言は、入道の叔父にあたる。（『須磨』既出157ページ）

弾きくらべ

四月になりぬ。更衣《ころもがへ》の御装束《さうぞく》、御帳《みちやう》の帷《かたびら》など、よしあるさまにし出づ。よろづにつかうまつりいとなむを、いとほしう、すずろなりとおぼせど、人ざまのあくまで思ひあがりたるさまのあてなるに、おぼしゆるして見たまふ。京よりも、うちしきりたる御とぶらひども、たゆみなく多かり。のどやかなる夕月夜《ゆふづくよ》に、海の上くもりなく見えわたれるも、住み馴れたまひし故里《ふるさと》の池水《いけみづ》に思ひまがへられたまふに、言はむかたなく恋しきこと、何方《いづかた》となく行方《ゆくへ》なきここちしたまひて、ただ目の前に見やらるるは、淡路島《あはぢしま》なりけり。「あはと遥かに」などのたまひて、

あはと見る淡路の島のあはれさへ
残るくまなく澄める夜《よ》の月

四月になった。四月は「衣更え」と言って、一日から衣服や調度などを夏向きに改める。

明石入道の邸でも《更衣の御装束、御帳の帷など》と、源氏が身に付ける衣服、日常使用している調度類などの装いを《よしあるさまにし出づ》と、明るくさわやかな感じになるように工夫し、部屋の趣は夏らしい風情に一変した。

入道は何かにつけてぬかりなく動き回り《つかうまつりいとなむを》と、源氏の世話に余念がない。その過ぎた献身ぶりを、源氏は《いとほしう、すずろなり》と、うっとおしく感じている。「いとほし」は、自分のことについて言う時は困る意。「すずろ」は人の意に反して、あるいは意に関係なくひたすらある方向に物事が進んでいく感じを表す。

しかし、入道の人柄の《人ざまのあくまで思ひあがりたるさまのあてなるに》免じて、出過ぎた態度が不本意ではあっても、大目に見てとやかく言わないでいる。「思ひあがる」は気位を高く持つこと。「あて」は気品がある。源氏は入道が胸奥に熱い志を抱きながら、己の生き方を頑固に貫いている姿勢を好意的に見ているようである。

こちらに移ってからは《うちしきりたる御とぶらひども、たゆみなき多かり》――源氏の元にはあちらこちらから頻繁に見舞いの手紙が届く。絶え間なく届く手紙を通して源氏は気になる二条の院はじめ都の情報にも通じ、気持ちが落ち着く。

そんな夏の日の《のどやかなる夕月夜に》、源氏は眺めるともなく海に目を遣っている。月の光に照らされた夕方の海はあくまで凪ぎ、はるかかなたまでずっと一面に《くもりなく見えわたれるも》鏡のように滑らかで美しい。源氏はふと眼前に静かに横たわっているのは、二条の院の庭の池水ではないかという錯覚に襲われる。《言はむかたなく恋しきこと》と、都を恋うる気持ちが胸を突き上げ、切なくてたまらなくなる。が、やがて夢から覚めた時のような虚脱感が体を覆い、ここは都ではないのだと我に返る。しかし、都への思慕の情は《*①何方となく行方なきここちしたまひて》と、体の内をあてどなく漂って去ろうとしない。その思いを心に抱いたまま海を見つめれば、《ただ目の前に見やらるるは、淡路島なりけり》――黒々と眼前を占める淡路島の影が、源氏の依って立つ現実を突き付ける。《なりけり》という、改めて気付いた時の驚きの気持ちを表すことばが印象深い。

源氏は今、目の前の淡路島としみじみと向き合う。《「*②あはと遙かに」》――あれはと遙かに見たという躬恒の歌を口ずさみながら、自分も《あはと見る淡路の島のあはれさへ残るくまなく澄める夜の月》と、淡路島を詠み込んだ歌を詠む。澄み切った今宵の月は自分の気持ちはもちろんのこと、躬恒の歌ったあはれの気持ちさえ照らし出してくれるのだと、月にすべてを託す気持ちになって胸苦しさから解放される。

*①「わが恋は行方もしらず果てもなし逢ふを限りと思ふばかりぞ」（『古今集』凡河内躬恒）

*②「淡路にてあはと遙かに見し月の近き今宵は所からかも」（『新古今集』躬恒）「あはと」は、あれはと、の意。「阿波門」（鳴門海峡）を掛ける。

久しう手触れたまはぬ琴《きん》を、袋より取り出でたまひて、はかなくかき鳴らしたまへる御さまを、見たてまつる人もやすからず、あはれに悲しう思ひあへり。広陵《くわうりよう》といふ手を、ある限り弾きすましたまへるに、かの岡辺《おかべ》の家も、松の響き波の音に合ひて、心ばせある若人《わかうど》は身にしみて思ふべかめり。何とも聞きわくまじきこのもかのものしはふる人どもも、すずろはしくて、浜風をひきありく。入道もえ堪へで、供養法《くやうほふ》たゆみて、急ぎ参れり。「さらに、そむきにし世の中も取り返し思ひ出でぬべくはべり。後《のち》の世に願ひはべる所のありさまも、思うたまへやらるる夜《よ》のさまかな」と、泣く泣く、めできこゆ。わが御心にも、をりをりの御遊び、その人かの人の琴笛《ことふえ》、もしは声の出でしさま、時々につけて、世にめでられたまひしありさま、帝《みかど》よりはじめたてまつりて、もてかしづきあがめたてまつりたまひしを、人の上もわが御身のありさまも、おぼし出でられて、夢のここちしたまふままに、かき鳴らしたまへる声も、心すごく聞こゆ。

月の美しい夜は琴を奏で笛を吹き、管弦の遊びに興ずるのが都での習いである。源氏は心を占める都への慕情を楽の音に乗せたいと思う。久しく手に取りもしなかった琴《きん》の琴を袋から取り出して《はかなく》かき鳴らす。

その姿を側で見守る供人たちは、《やすからず、あはれに悲しう思ひあへり》と、ほんのわずかの琴の音にも主人の心根を感じる。こんな所で聞く主人の琴の音に気も高ぶるが、胸に染み入る琴の音はそれぞれの悲しみをかき立てずにはおかないのだった。

源氏は「広陵」*③という秘曲を《ある限り弾きすましたまへるに》――知る限りの技を尽くして見事に弾きこなす。源氏が精魂込めて弾く琴《きん》の妙なる音はあたりに響きわたり、松風の響きや波の音に混じって《かの岡辺の家》にも届く。

家の主人である入道の娘はもちろんのこと、仕える女房たちの中でも《心ばせある若人は身にしみて思ふべかめり》と、語り手は感動の様を想像する。《心ばせある若人》は音楽のたしなみのある若い女房たち。若い女房たちは身も心も源氏になびいたまま、かすかに聞こえる琴の音にもうっとりと耳を澄ます。

源氏の琴の音に心動かされたのはこうした若い女房たちばかりではない。《何とも聞きわくまじき》――琴の音など聞いてもどういうものかよく分からないあちこちの《しはふる人ども》――老人たちも源氏の琴の音に心惹かれて、家でじっとしていられずに、《すずろはしくて、浜風をひきありく》――何やらそわそわと浮き足だって浜のあたりを歩き回り、あげくに風邪をひいてしまう始末であった。

源氏の秘曲は入道の心を奪う。その衝撃に《え堪へで》、入道は日常生活を崩した。源氏の琴の音が耳に入ってきた時は、ちょうど《供養法》[*④]という密教の修業に勤しんでいる最中だったが、心を乱し《たゆみて》集中力を失い、何も手に付かなくなる。

入道はとるものもとりあえず、源氏の所に駆け付けて、《「さらにそむきにし世の中も取り返し思ひ出でぬべくはべり。後の世に願ひはべる所のありさまも、思うたまへやらるる夜のさまかな」》と、感涙にむせびながら感動のことばを述べる。《取り返し》はもう一度改めて。捨て去った俗世のことをもう一度思い出しそうになった、極楽の有様が目の前に浮かぶようだと、興奮のあまり殆ど我を忘れている。

源氏も《をりをりの御遊び》――何かに付けては盛んに催されていた宮中の音楽会のこと、そんな時の、琴笛の《その人かの人》の音色、あるいは《声の出しさま》――歌い方などにそれぞれの持ち味が出ていて面白かったことなどを思い出す。

そして演奏会で人々に絶賛された時の晴れがましい気持ち、また帝をはじめとして宮中の人々に華やかにもてはやされて、得意の絶頂にあった自分の姿なども一気に思い出される。だが、あれは皆夢の中の出来事なのだとすぐに思い直し、《夢のここちしたまふまま》琴の音をかき鳴らす。

言い知れぬ悲しみの情が源氏の胸を覆うが、宮中での懐かしい思い出は夢の中に封じ込めなければ今を堪えていくことはできない。源氏の奏でる音色には《心すごくきこゆ》と、胸が引き裂かれるような深い悲しみが湛《たた》えられて聞く者の心に沁み入るのだった。「心すごし」は、荒涼としたぞっとするような寂しさを表す。

＊③広陵散。琴の秘曲。晋の嵆康が昔の楽人の霊から奏法を伝えたという伝説がある。
＊④印を結んで真言を唱え、あまねく供養することを念ずる密教の修法。供養とは三宝をはじめ、父母、亡者等に供物を供えること。

古人《ふるひと》は涙もとどめあへず、岡辺に、琵琶《びは》、箏《さう》の琴《こと》取りにやりて、入道、琵琶の法師になりて、いとをかしうめづらしき手一つ二つ弾き出でたり。箏の御琴参りたれば、すこし弾きたまふも、さまざまいみじうのみ思ひきこえたり。いとさしも聞こえぬものの音《ね》だに、をりからこそはまさるものなるを、はるばるとものとどこほりなき海づらなるに、なかなか、春秋《はるあき》の花紅葉の盛りなるよりは、ただそこはかとなう茂れる蔭どもなまめかしきに、水鶏《くひな》のうちたたきたるは、「誰《た》が門《かど》さして」と、あはれにおぼゆ。音《ね》もいと二《に》なう出づる琴《こと》どもを、いとなつかしう弾き鳴らしたるも、御心とまりて、「これは、女の、なつかしきさまにてしどけなう弾きたるこそ、をかしけれ」と、おほかたにのたまふを、入道はあいなくうち笑《ゑ》みて、「あそばすよりなつかしきさまなるは、いづこのかはべらむ。なにがし、延喜《えんぎ》の御手より弾き伝へたること、三代になむなりはべりぬるを、かうつたなき身にて、この世のことは捨て忘れはべりぬるを、ものの切《せち》にいぶせきをりをりは、かき鳴らしはべりしを、あやしうまねぶもののはべるこそ、自然《じねん》にかの先大王《せんだいわう》の御手に通ひてはべれ。山伏《やまぶし》のひが耳に、松風を聞きわたしはべるにやあらむ。いかで、これ忍びて聞こしめさせてしがな」と聞こゆるままに、うちわななきて涙おとすべかめり。

入道はとめどなく溢れる涙をぬぐおうともせず、急ぎ岡辺の家に使いを出し、琵琶、箏の琴を取りに行かせる。琵琶をかかえれば入道は《琵琶の法師になりて》*⑤と、れっきとした琵琶法師であり、見事な手さばきを見せる。源氏を意識してか、あえて《いとをかしうめづらしき手一つ二つ》を、かき鳴らす。《手》は曲のこと。聞き慣れない曲でもあったので源氏はひどく興をそそられ耳をそばだてる。

源氏は楽の道にはとりわけ造詣が深いと見てとった入道は、すかさず箏の琴をすすめる。源氏はすすめられるままにちょっと弾いてみただけなのに、入道は《さまざまいみじうのみ思ひきこえたり》――源氏は何を奏でても素晴らしい音色に聞こえると、口にもしてほめたたえ、感じ入るばかりなのだった。

語り手は《いとさしも聞こえぬものの音だに、をりからこそはまさるものなるを》――それほど上手とも思えない楽の音が、時と場所によって妙《たえ》なる音に聞こえたりすると述べて、源氏びいきの入道とは別の見方を示す。

ここ明石は《はるばるとものとどこほりなき海づらなるに》あり、どこまでも遮るものがない空間に楽の音はとりわけ響きわたりそうだと言って、場所のすばらしさをあげる。一般的に楽の音に似合う時節とされる《春秋の花紅葉の盛りなるより》も、かえって《ただそこはかとなう、茂れる蔭どもなまめかしきに》と、何と言うこともないそこらの木々が青々と茂る初夏の情景の方が、派手さはないがしっとりした美しさを醸し、楽の音を引き立てる。

どこからともなく水鶏の《うちたたきたる》鳴き声がかすかに聞こえる。源氏は《「誰が門さして」と、あはれにおぼゆ》と、水鶏の鳴き声に男女の心の機微をからませた古歌の風情ある世界がふっと頭に浮かび興をそそられる。古歌は「まだ宵にうち来てたたく水鶏かな誰か門さして入れぬなるらむ――水鶏が戸をたたいているのに門をとざして、入れないのは誰だろう」と言う。《さして》は鍵を掛けての意。水鶏の鳴き声がコツコツと戸をたたく音に似ているので鳴くのを「たたく」と言う。

源氏が水鶏の風情に心遊ばせているのを、箏の琴に心惹かれているとみた入道は、なお《音もいと二なう出づる琴どもを、いとなつかしう弾き鳴らしたる》有様で、一心に源氏の気を引く。格別に澄んだ音色を響かせる極上の楽器を何帳も用意し、《いとなつかしう》かき鳴らす。

　源氏は無骨な出で立ちの入道には似合わない《いとなつかしう》響く奏法に心惹かれる。《「これは、女の、なつかしきさまにてしどけなう弾きたるをこそ、をかしけれ」》と、箏の琴について常日頃何気なく感じていることを口にする。《しどけなう》はくつろいで。「なつかし」ということばは、なつく意からきており、慕い寄って行きたい感じを表す。

　入道は源氏を意識して、しっとりした風情を、聞く者の耳に残すような巧みな奏法でかき鳴らす。しだいに源氏を前にした娘が弾いているような気になって夢中で弾き込んだに違いない。源氏はその音色に心惹かれる女の存在を感じたのだろう。女の《なつかしきさまにてしどけなう》様とは、源氏が常に女に求める理想の様であり、心を開いて素直に自分を受け入れてくれる女性像が頭にあるのである。

　入道は源氏の口からこぼれた「女」ということばを耳にするなり、《あいなくうち笑みて》と、自分の思いは源氏に伝わったと勘違いして喜びの感情が湧き上がってくるのを抑えられない。ただもうわけもなくという意の《あいなく》が、入道のうわずった気持ちを表す。源氏は一般論として軽い気持ちで述べたにすぎないのに、娘のことで頭が一杯な入道はこの折りを逃してはならないとばかり、威儀を正して娘を紹介する。

　《「あそばすよりなつかしきさまなるは、いづこのかはべらむ。」》と、まず源氏の音色ほど人を惹き付けるものはないのは言うまでもないが、と前置きして、自分の奏法は《なにがし、延喜の御手より弾き伝へたること、三代になむなりはべりぬるを》と、由緒ある琴の家柄であることを明かす。

醍醐天皇からのじきじきの手法を弾き伝えて三代目に当たる身でありながら、自分は《かうつたなき身にて、この世のことは捨て忘れはべりぬるを》と、不運にも出家の道を辿り、俗世の風雅を愛でる機会もなくなるままに、すっかり忘れて過ごしてきた。

が、時たま《ものの切にいぶせきをりをりは》気慰みに、箏の琴をかき鳴らすことはあって、自分のそんな音を聞いて《あやしうまねぶもののはべるこそ、》物好きにも真似する者がいたのだ。《いぶせき》は、憂鬱な気持ちを晴らしようもない。それは娘なのだが、娘の弾く箏の琴の音は不思議なことに《自然にかの[*⑥]先大王の御手に》似通っている。《山伏のひが耳に、[*⑦]松風を聞きわたしはべるにやあらむ》――自分は山伏の身なので松風を娘の琴の音と聞き間違えているだけなのかもしれないが、とへりくだりながらも、《いかで、これ忍びて聞こしめさせてしがな》と、久しく胸にたたんで言い出す機会を狙っていた願望を源氏にぶつける。何とかして娘の琴の音を聞かせたい、そして娘を気に留めて欲しい。

語り手は《聞こゆるままに、うちわななきて涙おとすべかめり》と、ついに源氏に娘のことを言い出せたことに一人興奮して、身を震わせ涙を溢れさせ感情の高ぶりを押さえることができない入道の様子を、冷静な目で観察する。


*⑤にわか作りの琵琶法師になって。当時すでに琵琶を弾くのを生業とした法体の者がいて「琵琶の法師」と呼ばれていた。

＊⑥故親王。「かの」はその人の名を自明とする言い方であるが、誰かは不明。醍醐天皇から直接伝授を受けて入道に伝えた人。「大王」は親王のこと。

＊⑦『花鳥余情』に引かれている「松風に耳なれてける山伏は琴を琴とも思はざりけり」をふまえる。寿玄法師（『拾遺集』に入集）によるとするが、出典未詳。

君、「琴《こと》を琴《こと》とも聞きたまふまじかりけるあたりに、ねたきわざかな」とて、おしやりたまふに、「あやしう、昔より箏《さう》は、女なむ弾き取るものなりける。嵯峨《さが》の御伝へにて、女五の宮、さる世の中の上手《じやうず》にものしたまひけるを、その御筋にて、取り立てて伝ふる人なし。すべて、ただ今世に名を取れる人々、かきなでの心やりばかりにのみあるを、ここにかう弾きこめたまへりける、いと興ありけることかな。いかでかは聞くべき」とのたまふ。「聞こしめさむには何の憚《はばか》りかはべらむ。御前《おまへ》に召しても。商人《あきびと》のなかにてだにこそ、ふること聞きはやす人ははべりけれ。琵琶なむ、まことの音《ね》を弾きしづむる人、いにしへも難《かた》うはべりしを、をささ、とどこほることなう、なつかしき手など、筋異《こと》になむ。いかでたどるにかはべらむ。荒き波の声に交《まじ》るは、悲しくも思うたまへられながら、かき集《つ》むるもの嘆かしさ、まぎるるをりをりもはべり」など、すきゐたれば、をかしとおぼして、箏の琴《こと》とりかへて賜はせたり。げにいとすぐしてかい弾《ひ》きたり。今の世に聞こえぬ筋弾きつけて、手づかひいといたう唐《から》めき、ゆの音《ね》深う澄《す》ましたり。伊勢の海ならねど、「清き渚《なぎさ》に貝や拾はむ」など、声よき人に歌はせて、われも時々拍子とりて、声うち添へたまふを、琴弾きさしつつ、めできこゆ。御くだものなど、めづらしきさまにて参らせ、人々に酒強《し》ひそしなどして、おのづからもの忘れしぬべき夜《よ》のさまなり。

源氏は、自分の弾く琴など琴としては認めてくれまい名手の前でつい弾いてしまったのは迂闊だったと己を恥じる。だが入道と音楽の世界を共有できるのが分かってうれしい。《ねたきわざかな》と、憎まれ口をたたくのは入道が自分よりはるかに優れた手の持ち主であることを認め、大いに刺激されたからである。

源氏は《「あやしう、昔より箏は、女なむ弾き取るものなりける。」》などと語りはじめ、箏の琴についての持論を披露する。それによると箏の琴は、なぜだか昔から女の方が巧みに習得してしまうものだ。たとえば《嵯峨*⑧の御伝えにて、女五の宮、さる世の中の上手にものしたまひけるを》と、嵯峨天皇から奏法を伝授された女五の宮は当代随一の名をほしいままにした名人だった。

しかし惜しいことに、《その御筋にて、取り立てて伝ふる人なし》と、帝から授かった奏法をかけがえのないものとして伝えられている人など、今どこにも見当たらない。《ただ今世に名を取れる人々、かきなでの心やりばかりにのみあるを》と、現在箏の琴の名手として名高い人々の楽の音は、通りいっぺんの慰み程度に過ぎず、魂というものが込められていない。《かきなで》は、表面を撫でるぐらい。《心やり》は気晴らし、慰み。

だがここに《かう弾きこめたまへりける、》――世間に知られず秘曲の奏法を今に伝えてきた人がいるではないか、《いと興ありけることかな。いかでかは聞くべき」》と言って、源氏はぜひにと身を乗り出すように娘の腕前に興味を示す。「いかでかは」と反語の強い言い方に気持ちを込める。

源氏の関心がひとえに娘に注がれていると見た入道は、《「聞こしめさむには何の憚りかはべらむ。御前に召しても》と、娘の腕前の披露には二つ返事で応じる。娘の素晴らしさをもっと源氏に印象づけるにはどうしたらいいかと頭を巡らす入道は、娘の意向など慮《おもんぱか》るゆとりはなく、たがをはずしたまま調子に乗っていく。

こうなれば琵琶の腕前のほども披露しなくてはとそれとなく話題に乗せる。《商人のなかにてだにこそ、ふること聞きはやす人ははべりけれ》――商人のようないやしい身分の中にも古曲を聞いてほめそやす人もいると『白氏文集』中の「琵琶引」*⑨の話を取り上げて、琵琶に関心を寄せてもらおうとする。

入道は琵琶という楽器本来の音色を自分のものにするのは、扱いがかなり難しいと言う。現に《まことの音を弾きしづむる人》は、相当な労力が必要とされるからだろうか、昔から名手の域に達した者などめったにいるものではない。「弾きしづむ」は弾きこなす。

しかし娘は、《をさをさ、とどこほることなう》扱うことができて、難しい琵琶も難なく弾きこなす上に、《なつかしき手など、筋異になむ》――しみじみと心に沁みる音色は格別の趣がある。「をさをさ」はきちんと。《いかでたどるにかはべらむ》と、一体どのようにしてそんな奏法を習い覚え、身につけたものか。「たどる」は、迷いながら手探りで進むこと。娘の優美な琵琶の音が、《荒き波の声に交るは》何としても悲しい。せっかくの腕前もこんな田舎に埋もれたまま誰にも認められず、一人寂しく奏でるしかないのであろうかと思う。だが、《かき集むるもの嘆かしさ》――胸にたまるやりきれない気持ちが、娘の琵琶の音に慰められる時も多々あると漏らす。

際限なく広がりそうな娘自慢も、「山伏のひが耳に松風を……」「商人の中にてだにこそ」といった風流にこと寄せたしゃれた表現に精一杯努めていたようなので、源氏は《すきゐたれば、をかしとおぼして》と、その風流振りをほほえましく感じたのである。そして箏の琴を琵琶に取り替えて入道に賜わせた。

源氏は入道の琵琶の音を聞く。《げにいとすぐしてかい弾きたり》――なるほど入道は素晴らしい腕前だった。「すぐす（過）」は程度を越えている。《今の世に聞こえぬ筋弾きつけて、手づかひいといたう唐めき、ゆの音深う澄むましたり》と、入道は現在では聞かなくなった奏法を身に付けており、手の運び方が唐風で「ゆ」の音が深く澄み渡る。

ここは明石の海で伊勢の海ではないが、催馬楽*⑩「伊勢の海」の中の「清き渚に貝や拾はむ」と言う歌詞を、声の透る供人に歌わせ、源氏自身も時々拍子を取っては声を合わせて興に乗る。

源氏の声が聞こえるや、入道は《琴弾きさしつつ》――琴を弾き止めては源氏の歌声が美しいのをほめたたえる。それから入道は《御くだものなど、めづらしきさまにて参らせ》、源氏をもてなす。菓子や果物などを目新しい趣向で盛り付けた皿を御前に出す。源氏の供人たちには《酒強ひそしなどして》と、あとからあとから酒がふるまわれ、みんな我を忘れてすっかり酔っぱらう。《おのづからもの忘れしぬべき夜のさまなり》――いつしか日ごろの苦労も忘れてしまいそうな夜の有様だった。「〜そす」は度を越す意。

*⑧嵯峨天皇の第五皇女繁子。嵯峨天皇、繁子ともに『秦箏相承血脈』に見えず、その流が絶えたとあるから血脈に載せられていないのも不審はないと『河海抄』(源氏物語の注釈書)は述べる。

*⑨白楽天が江州の司馬に左遷されていた時、尋陽江上で夜、船中に琵琶を弾くのを聞き、もと長安の名妓で今は商人の妻になっているその女に数曲を弾かせて「琵琶行」(『白氏文集』所収)を作った。

＊⑩催馬楽、律「伊勢の海」「伊勢の海の　清き渚に　しほかひに　なのりそや摘まむ　貝や拾はむや　玉や拾はむや」。「しおかひ」は潮の満ちてくるまでの間。「なのりそ」は海藻ほんだわらのこと。

問はず語り

いたくふけゆくままに、浜風涼しうて、月も入りがたになるままに澄《す》みまさり、静かなるほどに、御物語残りなく聞こえて、この浦に住みはじめしほどの心づかひ、後《のち》の世をつとむるさま、かきくづし聞こえて、この娘のありさま、問はず語りに聞こゆ。をかしきものの、さすがにあはれと聞きたまふ節《ふし》もあり。「いと取り申しがたきことなれど、わが君、かう、おぼえなき世界に仮《かり》にても移ろひおはしましたるは、もし、年ごろ老《おい》法師の祈り申しはべる神仏《かみほとけ》のあはれびおはしまして、しばしのほど御心をもなやましたてまつるにやとなむ思うたまふる。その故は、住吉の神を頼みはじめたてまつりて、この十八年になりはべりぬ。女《め》の童《わらは》のいときなうはべりしより、思ふ心はべりて、年ごとの春秋ごとに、かならずかの御社《やしろ》に参ることなむはべる。昼夜《ひるよる》の六時《ろくじ》の勤《つと》めに、みづからの蓮《はちす》の上の願ひをばさるものにて、ただこの人を高き本意《ほい》かなへたまへとなむ念じはべる。前《さき》の世の契《ちぎ》りつたなくてこそ、かくくちをしき山がつとなりはべりけめ、親、大臣《だいじん》の位をたもちたまへりき。みづからかく田舎の民《たみ》となりにてはべり。つぎつぎ、さのみ劣りまからば、何の身にかなりはべらむと、悲しく思ひはべるを、これは、生れし時より頼むところなむはべる。いかにして都の貴《たか》き人にたてまつらむと思ふ心深きにより、ほどほどにつけて、あまたの人の嫉《そね》みを負ひ、身のため、からき目を見るをりをりも多くはべれど、さらに苦しみと思ひはべらず。命の限りは狭《せば》き衣《ころも》にもはぐくみはべりなむ。かくながら見捨てはべりなば、波のなかにも交《まじ》り失《う》せねとなむ、掟《おき》てはべる」など、すべてまねぶべくもあらぬことどもを、うち泣きうち泣き聞こゆ。君も、ものをさまざまおぼし続くるをりからは、うち涙ぐみつつ聞こしめす。

《いたくふけゆくままに、浜風涼しうて》《月も入りがたになるままに澄みまさり》と、夏の夕月夜、人々の寝静まった明石入道邸の外の様子が描かれる。《ままに》という動きを表すことばが、自然の大きさをさりげなく気付かせてくれる。ほんのわずかな動きも視野に入れながら夜明けに向かって刻々と時を刻むのだ。

海岸近くの入道邸では、夜が更けるにつれ浜風が増し、月が西方に傾くにつれ空はあくまで澄み渡る。邸は静寂の中、夜の闇にすっぽり包まれた。邸内もひっそりと静まり返り、居間に対座する入道と源氏が灯火の中に浮かび上がる。

入道は源氏に《御物語残りなく聞こえて》と、事情をすっかり打ち明けた。この明石の浦に住みはじめた時の緊張した気持ち、その後出家して仏道修行に励むようになったことなど《かきくずし聞こえて》――ぽつりぽつりと少しずつ語っていく。しかし、娘のこととなると我知らず《問はず語り》になっているという有様だった。「問はず語り」は尋ねられもしないのに自分から語り出すこと。源氏は聞きながら、《をかしきものの、さすがにあはれ》と、大方が面白い入道の話に興をそそられつつも、不憫なことだと心動かされることもあった。

入道は《いと取り申しがたきことなれど》と前置きし、源氏のような高い身分の人を前に胸の内を明かす懼れ多さを改めて意識して語り出す。「取り申す」はとりたてて申し上げる。《わが君、かう、おぼえなき世界に仮にても移ろひおはしましたるは》と、源氏が普通だったら足を踏み入れるわけもない田舎の明石などになぜ来ることになったか、そのわけを語りたいと言う。

《もし、年ごろ*①老法師の祈り申しはべる神仏のあはれびおはしまして、しばしのほど御心をもなやましたてまつるにや》と、入道は突拍子もないことを述べはじめる。それは、もしかして神仏が長い間祈願を怠らなかった自分を憐れんで、源氏をこちらに呼び寄越したので、しばらくの間、源氏には心労をかけることになったのではないかと言うのである。それというのも住吉の神に願を掛けはじめて今年で十八年にもなり、娘がまだごく幼い時から《思ふ心はべりて》、その実現を願って、毎年春秋の二回必ず住吉に参拝して願を掛けてきたと言う。

僧として日夜行う《昼夜の六時*②の勤めに》——一日六回の勤行《ごんぎょう》の時も、実は、《みづからの蓮の上の願ひをばさるものにて、ただこの人を高き本意かなへたまへとなむ念じはべる》と胸の内を率直に明かす。

勤行は俗世を離れた自分がただ一つの願いをかけて祈るものであるが、入道は自分の極楽往生の祈りなどは二の次にして、ひたすら娘が高い位に就けるようにという俗世の願いばかりを祈ってきたようだ。それはそれとしてという意の《さるものにて》ということばからそれが伺えよう。

入道は《前の世の契りつたなくてこそ、かくくちをしき山がつとなりはべりけめ》——前世の運が拙いばかりに、無念なことに身分を落とし田舎の民にまで成り下がってしまったと改めて自分を語る。親の代までは大臣の位を保ってきた家柄なのに、《つぎつぎ、さのみ劣りまからば、何の身にかなりはべらむと、悲しく思ひはべるを》と嘆く。

こうして田舎に埋もれたまま我が子孫は次々とどこまで落ちていくのだろうか、落ちた先にどんな身の上が待っているのだろうかと、先の見えない不安と絶望の中で悲しみに沈むばかりだったと言う。が、そんな時に授かった子が娘だった。《これは、生まれし時より頼むところなむはべる》と、入道は生まれてきた娘にすがる。娘には、失ってしまった家の格というものを取り戻すための良き運が巡ってくる気がして、その運に賭けてみようと思ったのだと、心境を語る。《頼むところなむはべる》の《頼む》は、ひたすら良い結果を祈って相手に身の将来を任せる意があり、入道の気持ちそのままを表すことばである。

そして当の源氏を前に《思ふ心》とは《いかにして都の貴き人にたてまつらむと思ふ心》であることを初めて口にする。それが実現など望むべくもない、いかに大それた野心であるか、入道も分かっていたが、ただひたすら頑固に《思ふ心》を抱き続け、どんなことがあっても手放さなかった。その思いは余りにも強く、決意は固かったので、娘に持ち込まれた縁談はにべもなくはねつけて、《[*③]ほどほどにつけて、あまたの人の嫉みを負ひ》身分相応のつらい目にもあってきた。

だが、どんな目に会っても《さらに苦しみと思ひはべらず》と、強い口調で言い放つ。《さらに》は下に打ち消しの語を伴って決して、絶対に。そんなことは苦しみとも思っていないという入道の野心は、野心と言うには常識からかけ離れて現実性はなく、信仰とか信念のようなものと化して自らの生き方そのものに溶け込んでいたのである。

娘は及ばずながら命の続く限りは精一杯育てるつもりだと述べた後、娘には《かくながら見捨てはべりなば、[*④]波のなかにも交り失せねとなむ、掟てはべる》と、また驚くべきことを語る。親の方が先立つことがあったら、海の中に身を投げて死んでしまえと、いつも言い置いていると言うのだ。入道にしてみれば手塩に掛けて育てた娘が、こんな田舎に埋もれたままべんべんと生きながらえて落ちぶれていく様を想像するのは耐え難い。運拙くて《都の貴き人》に巡り会えなければ、わが家の血筋を絶やすことでこれ以上の零落は防ぐことができると、考えたに違いない。

語り手には初めて聞く入道の打ち明け話だったが、《すべてまねぶべくもあらぬことどもを》、そのまま口にするのが憚られるような大それた世迷い事に聞こえる。しかし入道はこれらの話を一人気を高ぶらせて《うち泣きうち泣き》しつつ、語ったのだった。

源氏も《ものをさまざまおぼし続くるをりからは》と、この度の運命の変転についてあれこれ思いを巡らせている時だったので、家の再起を娘に賭けて誰にも理解されない不敵な志を貫いてきた入道の痛ましいまでの葛藤を思うと、つい涙ぐんでしまうのだった。

＊①入道自身のことをいう卑下のことば。
＊②一昼夜を晨朝《じんちょう》、日中、日没、初夜《そや》、中夜、後夜《ごや》の六時にわけて、それぞれの定時に行う勤行。
＊③私のようなしがない者でもしがない者なりに。多くの求婚を断って恨みを買ったことか。
＊④『若紫』には同じ所を噂話のことばとして「この思ひおきつる宿世違はば、海に入りね、と、常に遺言しおきてはべるなる」と記されている。『イメージで読む源氏物語　若紫』１９ページ。

「横さまの罪にあたりて思ひかけぬ世界にただよふも、何の罪にかとおぼつかなく思ひつるを、今宵《こよひ》の御物語に聞き合はすれば、げに浅からぬ前《さき》の世の契りにこそはと、あはれになむ。などかは、かくさだかに思ひ知りたまひけることを、今までは告げたまはざりつらむ。都離れし時より、世の常なきもあぢきなう、行ひよりほかのことなくて月日を経《ふ》るに、心も皆くづほれにけり。かかる人ものしたまふとはほの聞きながら、いたづら人をばゆゆしきものにこそ思ひ捨てたまふらめと、思ひ屈《く》しつるを、さらば導きたまふべきにこそあなれ。心細きひとり寝のなぐさめにも」などのたまふを、限りなくうれしと思へり。

「ひとり寝は君も知りぬやつれづれと
　思ひあかしの浦さびしさを

まして年月《としつき》思ひたまへわたるいぶせさを、おしはからせたまへ」と聞こゆるけはひ、うちわななきたれど、さすがにゆゑなからず。

「されど浦なれたまへらむ人は」とて、
　旅衣《たびごろも》うらがなしさにあかしかね

草のまくらは夢もむすばず

と、うち乱れたまへる御さまは、いとど愛敬《あいぎやう》づき、言ふよしなき御けはひなる。数知らぬことども聞こえ尽くしたれど、うるさしや。ひがことどもに書きなしたれば、いとど、をこにかたくなしき入道の心ばへも、あらはれぬべかめり。

源氏は都を離れて明石にまで辿り着いたわが身の上を、調子よく巧みに入道の話につなげる。自分は《横さまの罪にあたりて思ひかけぬ世界にただよふも、何の罪にかとおぼつかなく思ひつるを》――不当な罪を着せられて思いもよらない所までさまようことになった、そんな目に合うのはまたどんな罪の報いなのかと不審に思っていたが、入道の話がそのわけを語ってくれたではないか。《げに浅からぬ前の世の契りにこそはと、あはれになむ》と、入道家とはまさに前世からの深い縁で結ばれているのだと分かって感慨もひとしおである。

それなのに《などかは、かくさだかに思ひ知りたまひけることを、今までは告げたまはざりつらむ》と、源氏は強いことばでなじるように言う。入道にそれほどまでに明確な志がありながら、これまでこちらに何も告げてくれなかったのはどういうわけなのだと源氏は詰め寄るが、入道の戸惑う気持ちなど想像もできない。

源氏は《都離れし時より、世の常なきもあぢきなう、行ひよりほかのことなくて月日を経るに、心も皆くづほれにけり》と、都を逃れてより身に染みて味わってきた孤独の心情を語る。世の中の激しい変わり目の中で人の心の裏側をいやというほど知り絶望感にとらわれもした。「あぢきなし」ということばが、人の行為を常識はずれで苦々しく思いながら自分にはどうにもならないと言った時の心境を余さず伝える。

打ちひしがれて須磨に落ち延びた源氏の前に、待っていたのは有り余る時間であった。これまでは仕事以外でも女君たちや忍び所の女たちに会うために、時間はたっぷりと割かれ暇な時間などなかったのである。しかし今膨大な時間を埋めるのは、修行僧のように心を無にして仏道に没入する日々の勤行しかない。親しい人との談笑や恋の語らいの機会が断たれた謫居《たっきょ》生活の中で、源氏の心は《皆くづほれにけり》と、生き生きとした心の働きを失いかけていたと自身を分析する。「くづほる」は気力がくじけ滅入っていく精神の状態。娘の存在は新たな恋を予感させつつ枯渇した源氏の心を潤すことになった。

《かかる人ものしたまふとはほの聞きながら》と、源氏はその昔北山に療養に行った時、良清が語ってくれた、「海に入りね」と育てられたという娘に興味を持ったことを、口では「ほの聞く」とぼかしながらも鮮明に思い出す。とは言えまず、《いたづら人をばゆゆしきものにこそ思ひ捨てたまはめと、思ひ屈しつるを》と言って、今の自分を思い切り卑下して見せる。《いたづら人》は落ちぶれた人。《ゆゆしきもの》は縁起が悪い。罪人同然の自分は遠ざけられているのだろうと思って落ち込んでいたと、謫居生活の現実も滲ませる。

しかし、一歩引いたその勢いを借りて源氏は《さらば導きたまふべきにこそあなれ》と、入道の手引きを期待して源氏らしく前へ踏み出す。娘と会うことを承諾したのである。だが源氏にとって前受領の娘は、《心細きひとり寝のなぐさめにも》と言い添えたことばが語るように、旅先で出会ったかりそめの恋の相手にすぎない。そんなことにはおかまいなく入道は、ついに娘が近々源氏と結ばれるかもしれないことになって、《限りなくうれしと思へり》と、天にも昇る気持ちだった。

入道は艱難辛苦に耐えつつ、やっとここまで辿り着き感無量の心境に浸る。この気持ちの高揚を歌で表せずにはいられない。《「ひとり寝は君も知りぬやつれづれと思ひあかしの浦さびしさを》と詠む。「ひとり寝は君も知りぬやつれづれと」と、源氏の孤独な暮らしの寂しさに思いを寄せ、下の句「思ひあかしの浦さびしさを」のうち、「思ひあかし」と「明石」、「浦さびし」と「心《うら》さびし」の掛詞の連発で注意を引き、この浦に埋もれてきた娘も同じように寂しいのだと結ぶ。

そして何やら物足りない気持ちをあとがきで、《まして年月思ひたまへわたるいぶせさを、おしはからせたまへ》と、止めの一撃のようにぶつける。長い間娘のことで心を煩わせてきた私の《いぶせさ》も察して欲しいと、臆面もなく自分をあからさまに押し出す。《うちわななきたれど》と、極度の興奮と緊張で体を振るわせているが、《さすがにゆゑなからず》と、元大臣の血筋を持つ入道の品位は崩れず、源氏の前に居ることをわきまえている。

源氏は、入道の意も汲みつつ《旅衣うらがなしさにあかしかね草のまくらは夢もむすばず》と返して入道に対抗する。あなたは浦に住みついて《浦なれたまへらむ》人だからその寂しさにも慣れていようが、《浦なれ》できない旅寝の私の悲しさは、夜を明かすこともできず夢も見られず、ただ悶々とするしかないのだから到底あなたの比ではあるまいと、源氏も負けずに自分の立場を強調する。「旅衣」の「衣」と「うら」は縁語で、「旅衣」は「うら悲し」を引き出す序詞。「あかしかね」と「明石」は掛詞。

語り手は《うち乱れたまへる御さま》と、入道と歌のやりとりなどをしてすっかりくつろぐ源氏の様子を伝え、そんな源氏は《いとど愛敬づき、言ふよしなき御けはひなる》と、言いようがないほど美しいとほめたたえる。「愛敬づく」は表情や態度が魅力的に見えること。入道はそれから沢山のことを源氏に語ったらしいが、いちいち取り上げる話でもなかったので語り手は《うるさしや》と切り捨てる。入道のことばなども《ひがことどもに書きなしたれば》――あえて誇張して描いたので、一層《をこにかたくなしき入道の心ばへも》――愚かしいまでに頑固な入道の性分が浮き彫りになってしまったようである。

思ふこと、かつがつかなひぬるここちして、涼しう思ひゐたるに、またの日の昼つかた、岡辺に御文つかはす。心はづかしきさまなめるも、なかなか、かかるものの隈《くま》にぞ、思ひのほかなることも籠《こも》るべかめると、心づかひしたまひて、高麗《こま》の胡桃《くるみ》色の紙に、えならずひきつくろひて、

「をちこちも知らぬ雲居《くもゐ》にながめわび
　かすめし宿の梢《こずゑ》をぞとふ

思ふには」とばかりやありけむ。入道も、人知れず待ちきこゆとて、かの家に来ゐたりけるもしるければ、御使《つかひ》いとまばゆきまで酔《ゑ》はす。御返りいと久し。内に入りてそそのかせど、娘はさらに聞かず。いとはづかしげなる御文のさまに、さし出でむ手つきも、はづかしうつつましう、人の御ほどわが身のほど思ふにこよなくて、ここちあしとて寄り臥《ふ》しぬ。言ひわびて、入道ぞ書く。

いとかしこきは、田舎びてはべる袂《たもと》に、つつみあまるにや。さらに見たまへも及び

はべらぬかしこさになむ。さるは、
ながむらむ同じ雲居をながむるは
思ひもおなじ思ひなるらむ
となむ見たまふる。いとすきずきしや。
と聞こえたり。

一夜明け、入道は《思ふこと》を源氏に打ち明けたことで《涼しう思ひゐたるに》と、長年抱え込んできた胸のつかえが取れたような、すがすがしい気分にじっと浸っていた。《涼しう》ということばどおりの爽快な気分は、これまで味わったことのない一時の快感を入道にもたらす。貴人の中でも源氏という特別抜きん出た人と出会ったのは何よりの幸運だったし、当の本人に思いを伝えることができただけでも心の重しは相当に軽くなったはずである。

だが、入道にとってはそれは端緒をつかんだということに過ぎなかった。《思ふこと、かつがつかなひぬるここちして》と、思う入道は、やはり野心家であるようだ。《かつがつ》はこらえこらえ、不満ながらもともかくも。このことばから源氏を巻き込みながらなら己の野心を実現していけると期待する入道の心づもりが伺える。

源氏は行動がすばやい。翌日の《昼つかた》には娘の住む岡辺の邸に手紙を届けさせる。入道の娘は《心はづかしきさま》の女であるらしいと耳にしているので、源氏は手紙に万端の心遣いを払う。「心はづかし」は、こちらが気後れするほど相手が優れていること。手紙を用意するに当たって、まだ見ぬ娘についてのそんな評判は《なかなか、かかるものの隈にぞ、思ひのほかなることも籠るべかめる》と、久々に源氏の気持ちをかき立てずにはおかない。

《ものの隈》は田舎の片隅に。意外性を期待して心を躍らせるのは、美しい女との出会いを求めてさまよう当時の貴公子たちに共通する心情である。《ものの隈にぞ》《籠る》といったことばから、人に知られず田舎に埋もれたまま暮らす美しい人として娘を思い描いているのが伝わる。

念を入れて選んだ紙は高麗からの輸入もので、《胡桃色》と呼ばれる、薄紅に黄色を帯びた地味目の色合いである。高麗紙は薄手できめ細かくひらがなに調和する紙であるという。初めての求婚の手紙なので高価な舶来ものを使って気を張り、表は薄紅色、裏は白という渋めの洗練された色合いに、相手が評判どおりのしとやかで美しい女性であることを願う、源氏の思いが込められていた。

そんな高麗紙を前にして、源氏はかなり神経を集中し、《えならずひきつくろひて》筆を運ばせる。「ひきつくろふ」は、はしはしを直して恰好をつける。歌は《をちこちも知らぬ雲居にながめわびかすめし宿の梢をぞとふ》と詠んで、見知らぬ土地に来て寂しく暮らす者だが、と控え目に自分を語り、入道がしきりにほのめかすゆえ挨拶代わりの便りを受け取って欲しいことを伝える。「をちこちも知らぬ」は遠いのか近いのかもわからない。「雲居」は空。しかしあとがきには、《思ふには》*①と引き歌の一部をさりげなく付け加え、その中で詠まれている恋しい気持ちに堪えかねてという歌の意味に自身の切ない恋心を匂わせて恋文らしい形に整えたのである。

源氏の手紙を携えた使者を岡辺の家で密かに待ち構えていたのは、気持ちが先走る入道である。入道は家の者には何用とも告げず、朝からどことなく落ち着かない様子で岡辺の家に詰めていた。やがて《かの家に来ゐたりけるもしるければ》と、入道の期待通り源氏の文を預かって、使者がこの家を訪ねて来たのだった。「もしるく」は、そのとおりである。

入道の手放しで喜ぶ様が《御使いとまばゆきまで酔はす》と描かれる。使者は入道から《まばゆきまで》と、いたたまれなくなるほどの過度な歓待を受け、ただもう酔いつぶれてしまったのである。

しかし、娘からの返事はいつまで待ってもない。しびれをきらせた入道は娘の部屋に入って、返事を書くよう迫る。だが《娘はさらに聞かず》と、頑として拒む。娘は源氏の手紙のこれまで目にしたことのない美しさに圧倒され、すっかり動転してしまったのである。

返事を書こうにも《さし出でむ手つきも、はづかしうつつましう》と、気後れする一方で、手も足も出ない。娘は《人の御ほどわが身のほど思ふにこよなくて》と、わが身と源氏との間に横たわる途方もない身分の差というものを、手紙という具体的な形で初めてまざまざ見せつけられ、たじろぐばかりだった。「こよなし」は、相手と比べものにならないほど程度が違う意。

娘はその衝撃に堪えきれず《ここちあしとて寄り臥しぬ》と、体調まで崩して寝込む。男から手紙をもらえばすぐに返事を書くのが礼儀であるとは、よく分かっていたが、そんなことはどうでもよくなってしまうほど心を乱していたのである。

娘の激しく動揺する様を見ると入道は《言ひわびて》何も言えない。「わぶ」は困り切った気持ちを表す。しかし、源氏に返事を書かないまま事を済ませるわけにはいかない。この場を何とか凌ぐため*②《入道ぞ書く》と、出家の身ながら父親である入道が代筆をする。語り手の驚きが、《ぞ》の強意のことばに表される。

まずまえがきで《いとかしこきは、田舎びてはべる袂に、*③つつみあまるにやさらに見たまへも及びはべらぬかしこさになむ》と、返事が書けない娘の状態について説明する。源氏のことばがあまりにも畏れ多くて、田舎者の娘はどうしていいか分からなくなってしまった。手紙を見ることさえできなくなるほど、身がすくんでしまったのだろう。などと、入道は「かしこさ」を重ねて恐縮の意を強調し、娘に向いてくれた源氏の気持ちがそがれることのないように懸命に気を遣う。

《さるは》――というのも実は《ながむらむ同じ雲居をながむるは思ひもおなじ思ひなるらむ》と、娘も源氏と同じ雲居を眺めているから思いも同じなのだろうと、娘に成り代わって歌までしたためる。理屈を並べて形ばかりは恋の歌らしく整えたものの、実《み》のあることば一つも浮かばないのが我ながら気恥ずかしい。手紙は《いとすきずきしや》と結ばれていた。照れに照れた入道は一言付け加えずにはいられなかったのであろう。

＊①「思ふには忍ぶることぞ負けにける色には出でじと思ひしものを」（『古今集』読み人知らず。

＊②こういう場合の代筆は普通母親の役割りだった。

＊③田舎者の娘にはそのうれしさが身に余るのだろう。「うれしきを何に包まむ唐衣袂豊かに裁てと言はましを」（『古今集』読み人知らず）

陸奥紙《みちのくにがみ》に、いたう古めきたれど、書きざまよしばみたり。げにもすきたるかなと、めざましう見たまふ。御使に、なべてならぬ玉裳《たまも》などかづけたり。またの日、「宣旨《せんじ》書《が》きは、見知らずなむ」とて、

「いぶせくも心にものをなやむかな
　やよやいかにと問ふ人もなみ

言ひがたみ」と、このたびは、いといたうなよびたる薄様《うすやう》に、いとうつくしげに書きたまへり。若き人のめでざらむも、いとあまり埋《むも》れいたからむ。めでたしとは見れど、

なずらひならぬ身のほどの、いみじうかひなければ、なかなか、世にあるものと尋《たづ》ね知りたまふにつけて、涙ぐまれて、さらに例の動《どう》なきを、せめて言はれて、浅からずしめたる紫の紙に、墨つき濃く薄くまぎらはして、

思ふらむ心のほどややよいかに

まだ見ぬ人の聞きかなやまむ

手のさま、書きたるさまなど、やむごとなき人にいたう劣るまじう上衆《じやうず》めきたり。

入道の返事は恋文には用いない陸奥紙を使って書かれ、ひどく古風な感じではあったが、《書きざまよしばみたり》——書風にはどこか趣があった。それにしても《げにもすきたるかなと、めざましう見たまふ》と、本当によくもこんな色めいた真似ができるものだと興ざめる。源氏は僧侶の身を忘れ、恋文の代筆までして浮かれている入道の出過ぎた振る舞いを苦々しく思う。

使者には当てつけのように《なべてならぬ玉裳などかづけたり》——目が覚めるように美しい裳などの女装束を禄として取らせたのだった。翌日、源氏は再び娘に手紙を送るが、まえがきに《宣旨書きは、見知らずなむ》と、本人の手紙が読みたいと促す。《宣旨書き》は

代筆のこと。《見知らず》は経験がない。入道の恋文など見たくもないという気持ちを伝える。

娘への歌は《いぶせくも心にものをなやむかなやよやいかにと問ふ人もなみ》と、「寂しい男」を演じる。「やよ」は呼びかける声。やあ、おい。「なみ」はないので。どうしているのかと尋ねてくれる人もいないので一人悶々としていると気を引きつつ、あとがきに《言ひがたみ》――まだ見ぬ人に恋しいとは言えないでと、微妙な気持ちをつぶやいて返事を期待する。

この度は恋文に使う《いといたうなよびたる薄様》の最高級品を用い、筆跡も《いとうつくしげに》見えるよう、源氏としては一筆一筆に気を入れて書く。語り手は源氏がここまで心を配って書いた手紙を《若き人のめでざらむも》――若い女が素晴らしいと思わないとしたら、それは《いとあまり埋れいたからむ》と、話にもならない場合だ、末摘花ではないのだからと言いたげに口をはさむ。「埋れいたし」は内気過ぎる。

手紙を手にした入道の娘は、《めでたしとは見れど》と、その洗練された書きぶりを何と美しいと感じ入る。しかし、すぐに《なずらひならぬ身のほどの、いみじうかひなければ》という思いが娘の頭を占めてしまう。源氏とは及びもつかないわが身の程の卑しさを思えば、源氏と結ばれてもどうにもならない、無駄というものだ、と自分の感じたことを過剰な自意識の中に閉じ込める。

《なかなか、世にあるものと尋ね知りたまふにつけて、涙ぐまれて》――源氏が自分の存在を知って一人前の女として関心を寄せてくれるのが、かえってつらくて涙を滲ませる。源氏の前でわが身の程をさらけだすなどどうしてできようか。《さらに例の動なきを》と娘は身を固くしたまま前便に対すると同様に筆を取ろうともしない。だが、この度は仕える女房たちが黙っていない。源氏への返書を無視する女主人にやきもきして、筆を持つよう《せめて》口うるさく勧める。娘は拒みきれなくなって仕方なく机に向かう。

《浅からずしめたる紫の紙》と、取り出した入道家の紙には香がたっぷりと焚きしめられている。娘は筆跡の特徴を相手に悟られないよう《濃く薄くまぎらはして》書く。男の気を引く思わせぶりな書き方を身に付けている。源氏に届けられた返歌は《思ふらむ心のほどややよいかにまだ見ぬ人の聞きかなやまむ》——あなたの心の深さはどの程度なのか、見たことのない人が噂だけで悩むものなのかと、正面から切り返して贈答歌の定型を踏み、見事にまとめ上げる。源氏が嘆きに使った《やよいかに》という同じことばを、気持ちの真意を問う疑問のことばとして使っているのが効果をあげている。娘は源氏と付き合うのはとてもつらい。そんな心の乱れとは一切かかわらず、やらなければならないことは素早くこなしていく才覚と教養を身に付けた理性の人のようである。

源氏は初めて娘が書いて寄越した返事がどのようなものかじっと眺める。《手のさま、書きたるさまなど、やむごとなき人にいたう劣るまじう上衆めきたり》という感想が浮かぶ。筆跡も歌の作り方も巧みでことばづかいなどもこなれており、都の高貴な方々に比べてもそれほどひけをとるものではなく、万事につけいかにも貴人らしく躾られている。「上衆めく」

は振る舞いなどが貴人らしく見えること。

京のことおぼえて、をかしと見たまへど、うちしきりてつかはさむも、人目つつましければ、二三日隔てつつ、つれづれなる夕暮れ、もしはものあはれなる曙《あけぼの》などやうにまぎらはして、をりをり人も同じ心に見知りぬべきほどおしはかりて、書きかはしたまふに、似げなからず、心深う思ひあがりたるけしきも、見ではやまじとおぼすものから、良清《よしきよ》が領《らう》じて言ひしけしきもめざましう、年ごろ心つけてあらむを、目の前に思ひ違《たが》へむもいとほしうおぼしめぐらされて、人進み参らば、さるかたにてもまぎらはしてむとおぼせど、女はた、なかなかやむごとなき際《きは》の人よりもいたう思ひあがりて、ねたげにもてなしきこえたれば、心くらべにてぞ過ぎける。

京のことを、かく関隔《へだ》たりては、いよいよおぼつかなく思ひきこえたまひて、いかにせまし、たはぶれにくくもあるかな、忍びてや迎へたてまつりてましと、おぼし弱るをりをりあれど、さりとも、かくやは年を重ねむ、今さらに人わろきことをばと、おぼししづめたり。

万事につけ都風を身に付けている娘に接して、源氏は都の暮らしぶりを思い出し、《をかし》と興が湧く。しかし《うちしきりてつかはさむも、人目つつましければ》と、源氏は続けざまに手紙を送って言い寄るのをためらう。ここは田舎で頻繁な使者の動きは人目に付くだろう。自分の方が一方的に思いを寄せているなどと噂されたくない。

そこで使者を出すのを二三日置きにして、時刻も《つれづれなる夕暮れ》とか、《ものあはれなる曙》などを選び、《まぎらはして》目立たないように心を配る。こうして源氏は娘に手紙を送り付け、娘は渋りながらも返事はかかさず届けたので、二人の間には手紙のやりとりがはじまる。

源氏は《をりをり人も同じ心に見知るぬべきほどおしはかりて》文を送る。女も季節ごとの風物などに情趣を感じているのではないかと推し量って手紙を送るのである。当時の男女はこうした歌のやりとりを通じて、筆跡、墨付きの様、歌の詠みぶりなどから相手の人柄や性格、教養の程度などを想像し、人物像を思い描いた。

源氏も女の人柄を《似げなからず、心深う思ひあがりたるけしき》の人と見る。教養の点でも人柄の点でも決して不似合いな相手ではない。自分の気持ちを理解してくれた上で才気ある返事が返ってくるものの、そうたやすく自分をさらけ出すことなどしない誇り高い女である。源氏は女に好意を持ち、《見ではやまじとおぼすものから》と、何とかして会ってみたい気持ちが強く湧く。

しかし、《ものから》ということばが示すように会いたい気持ちに抑制がかかる。《良清が領じて言ひしけしきもめざましう》と、昔、良清が初めて娘についての噂話を源氏に語った時の、まるで自分のものであるかのような慣れ親しんだ口調が甦り、何となく気に障り興がそがれるのを感じる。

良清が娘に何年も思いを寄せてかなり執心の様子であったのを無視して、《目の前に思ひ違へむもいとほしう》と、自分が横取りして良清をがっかりさせることになるのも気の毒なことだなどと思いを巡らせる。いざとなると源氏には血筋の誇りが邪魔するのか、このような田舎に住む元受領の娘の元へと踏み込んでいくことにためらう気持ちがあって、ひたむきになれないのだろうか。

だから《人進み参らば、さるかたにてもまぎらはしてむ》と、都合のいいように考えてもみる。入道が娘を女房として仕えさせるという形をとってくれれば、それはそれで目立たないように事が進められるとも思う。しかしながら相手は、《なかなかやむごとなき際の人よりもいたう思ひあがりて、ねたげにもてなしきこえたれば》と、一筋縄ではいきそうにない女である。

軽々しくこちらに靡くような態度は見せず、《やむごとなき際》の女よりかえって《いたう思ひあがりて》と見える。「思ひあがる」は誇り高い心を持つこと。歌のやりとりの中でも田舎で育った人と思えないほど、高い教養と都風に洗練された感性を容赦なく突き付けてくる。それが源氏には《ねたげにもてなしきこえたれば》と、身分不相応で生意気な態度に映り面白くない。

源氏は娘に強く惹かれながらも沽券にかかわるのか、こちらから娘に近づく気にはなれず向こうからも音沙汰なしのまま、二人の関係は《心くらべにてぞ》と、意地の張り合いが宙に浮いたままで日が経つ。

《京のことを、かく関隔たりては、いよいよおぼつかなく思ひきこえたまひて》と京への思いは募るばかりである。入道の娘のことで気持ちが揺れたりすることはあったにせよ今、源氏の心を占めるのは女君のこと、それなのに二人の間には、須磨の関が立ちはだかって思いを伝えられずはがゆくてならない。手紙だけが二人をつなぐ手段なのに、それすらなかなか手にすることができない。

相手が今何を考え何を感じ、どういう状態で過ごしているのか、皆目見当がつかなくなってむやみに不安が募り、心配事の種だけが増してゆく。込み上げる恋しさは我慢の域を越えてどうにもならない。《たはぶれにくくもあるかな》と、源氏はため息交りにつぶやく。恋しさ余って、冗談事ではなくなるといった意で、「ありぬやと試みがてらあい見ねばたはぶれにくきまでぞ恋しき」(『古今集』より)という歌の一節。

そんな時いっそのこと《忍びてや迎へたてまつりてまし》と、気弱な気持ちがもたげて一気に頽《くずお》れそうになる。しかし、一度冷静になれば《かくやは年を重ねむ》――いくら何でもこの地で何年も過ごすことにはなるまいと通例に基づいた判断力が戻る。自分は無罪であると自負する気持ちが源氏を支えている。《今さらに人わろきことをば》と、孤独に耐えきれずこっそり妻を呼び寄せたりしたら、人は勅勘の身にあらざるわがままと非難するに決まっている。そんな恰好のつかないことが今更できようかと、我に返り気持ちを収めるのだった。

そのころ都では

その年、朝廷《おほやけ》に、もののさとししきりて、もの騒がしきこと多かり。三月十三日、雷鳴《かみ》りひらめき、雨風騒がしき夜《よ》、帝《みかど》の御夢に、院の帝《みかど》、御前《おまへ》の御階《みはし》のもとに立たせたまひて、御けしきいとあしうて、にらみきこえさせたまふを、かしこまりておはします。聞こえさせたまふことども多かり。源氏の御ことなりけむかし。いと恐ろしう、いとほしとおぼして、后《きさき》に聞こえさせたまひければ、「雨など降り、空乱れたる夜《よ》は、思ひなしなることはさぞはべる。軽々《かろがろ》しきやうに、おぼしおどろくまじきこと」と聞こえたまふ。にらみたまひしに見合はせたまふと見しけにや、御目にわづらひたまひて、堪へがたうなやみたまふ。御つつしみ、内裏《うち》にも宮にも限りなくせさせたまふ。

《その年、朝廷に、もののさとししきりて、もの騒がしきこと多かり》と、語り手は明石を離れて、都の様子を伝える。世間の噂によると宮中では何やら変事が起こって、人々の間に動揺が広がっているらしい。《もののさとし》が度重なっているようなのに、そのまま放っておいてよいのか、何か対策を立てなければ、世の乱れはますますひどくなるのではないかと騒ぎ立てていると言う。《もののさとし》は啓示。神や仏その他の超自然的なものの力によるお告げ。

入道が啓示を受けたという三月十三日、都でも《雷鳴りひらめき、雨風騒がしき夜》となり、天候に異変が起こっていた。その夜、帝の夢枕に立ったのは亡き父桐壺院だった。《院の帝》と呼ばれる亡き父は、清涼殿の《御階》——東庭に下りる階段の下に立ち、《御けしきいとあしうて、にらみきこえさせたまふ》と、心の底から怒りを露にした険しい表情で帝を睨み据える。「あしう」(悪し)は、見過ごすことや我慢できる点が全くなく不快で嫌悪をもよおす感じ。帝は《かしこまりておはします》と、父の亡霊の出現にぞっとしたが、怒りを込めたその鋭い視線に射すくめられて動けなくなる。

語り手はその時、院の亡霊が帝を睨み据えたまま《聞こえさせたまふことども多かり》と、何かいろいろと語りかけていたことを伝える。それはきっと源氏のことだったに違いないと推測する。帝は痛いところを突かれて《いと恐ろしう、いとほしとおぼし》と恐懼《きょうく》しつつも、困惑の色を滲ませた様子だった。「いとほし」は、自分のことについて言う時は困ると思う。

帝は本意ではないにせよ自分の無力さゆえに、院から託された遺言を反古同然にしたあげく、源氏を都から追いやってしまったことに良心の呵責を感じ胸を痛めている。しかし、どうしたらいいのかわからず結局帝のとった行動は、いつものように母である弘徽殿の大后に夢のあらましを報告しにゆくことだった。

すると大后は、《「雨など降り、空乱れる夜は、思ひなしなることはさぞはべる。軽々しきやうに、おぼしおどろくまじきこと」》と、子供をなだめすかすかのように言い聞かせるのだった。《思ひなしなることはさぞはべる》は、そうと思い込んでいることは夢に現れるものである。《軽々しきやうに》――下々の者のようにそんなことを気にするものではない。帝はむやみに動じてはならないのだ。

けれども、院が帝をにらみつけた時に、帝は《見合わはせたまふと見しけにや》――院と視線を合わせてしまったことを夢に見たせいか、《御目にわづらひたまひて、堪へがたうなやみたまふ》――眼病を患って耐え難いほどに苦しむ。眼病平癒のための《御つつしみ》――物忌みなどを宮中でも大后の邸でも数限りなく取り行わせた。

太政大臣《おほきおとど》亡《う》せたまひぬ。ことわりの御齢《よはひ》なれど、つぎつぎにおのづから騒がしきことあるに、大宮も、そこはかとなうわづらひたまひて、ほど経《ふ》れば弱りたまふやうなる、内裏《うち》におぼし嘆くことさまざまなり。「なほ、この源氏の君、まことに犯《をか》しなきにてかく沈むならば、かならずこの報《むく》いありなむとなむおぼえはべる。今、なほ、もとの位をも賜ひてむ」と、たびたびおぼしのたまふを、「世のもどき、軽々《かろがろ》しきやうなるべし。罪に懼《お》ぢて都を去りし人を、三年《さんねん》をだに過ぐさず許されむことは、世の人もいかが言ひ伝へはべらむ」など、后《きさき》かたくいさめたまふに、おぼし憚《はばか》るほどに、月日かさなりて、御なやみども、さまざまに重《おも》りまさらせたまふ。

そのうちに《太政大臣》――帝の外祖父《がいそふ》で、大后の父であるあの右大臣が亡くなった。年の順から言えばもっともなことなのだが、《つぎつぎにおのづから騒がしきことあるに》と、政権を担う人たちの身に次から次へと、降って湧いたように凶事が起こっていた矢先のことだった。

そして、《大宮》――弘徽殿の大后までも《そこはかとなうわずらひたまひて、ほど経れば弱りたまふやうなる》と、どこをどうということなく体調を崩して病み付くようになり、月日が経つにつれて回復どころか、体がしだいに衰弱していくように見える。《内裏におぼし嘆くことさまざまなり》と、大后の身を案じる帝の心痛はひとかたならぬものがあった。政務においては頼り切っていた人に倒れられて、帝はどうしたらいいのかあれやこれやと思い悩む。

帝はやはり源氏を都から追放し、ないがしろにしたまま政を行っていることが気になって頭から離れない。今起きている一連の凶事はその「さとし」ではないかと思えてならない。

帝は思い余って大后に、《「なほ、この源氏の君、まことに犯しなきにてかく沈むならば、かならずこの報いありなむおぼえはべる。今はなほ、もとの位をも賜ひてむ」》と、直言する。源氏が罪もないのに逆境に追いやられているのが真実であれば、きっと報いが来るだろうから、この上は元の位を与えるべきだといった自分の考えを何度も伝えたのだった。

帝が大后に面と向かってもの申すのは、よほど思い詰めた末のことだろうが、しかし、大后は一歩も譲ろうとしなかった。体は病み衰えていながら気丈にはねかえす。そんなことをしたら《世のもどき、軽々しきやうなるべし》――世間は軽々しい処置だと言って非難するだろうと言い放ち、さらに罪を怖れ都を去った人を*①《三年をだに過ぐさず許されむことは、世の人もいかが言ひ伝へはべらむ》と容赦はしない。三年も経たないのに許すなどとはとんでもないことだ、そんな非常識なことをすれば世間の人々は何を言い出すかわかったものではないと、あくまで秩序を重んじ、法で定められた期間以内の許しなど認めようとしない。そんな大后の自信に満ち溢れた揺るぎない姿勢に気押されて、帝はそれ以上強く言い出せず、《おぼし憚るほどに》月日が経つ。しかし、帝も大后も《御なやみども、さまざまに重りまさらせたまふ。》と、それぞれの病の容態は一向に回復せずかえって重くなるばかりだった。

＊①「獄令《ごくりょう》」によれば、流罪に処せられたものは六年経たないと出仕を許されないが、流罪に相当しなくて特には配流された者は三年の後には出仕を許される。この規定を考慮しての発言かとされる。（『花鳥余情』）

もの思い

明石には、例の、秋は浜風の異《こと》なるに、ひとり寝もまめやかにものわびしうて、入道にもをりをり語らはせたまふ。「とかくまぎらはして、こち参らせよ」とのたまひて、わたりたまはむことをばあるまじうおぼしたるを、正身《さうじみ》はた、さらに思ひ立つべくもあらず。いとくちをしき際《きは》の田舎人こそ、仮《かり》に下《くだ》りたる人のうちとけ言《ごと》につきて、さやうに軽《かろ》らかに語らふわざをもすなれ、人数《ひとかず》にもおぼされざらむものゆゑ、われはいみじきもの思ひをや添へむ、かく及びなき心を思へる親たちも、世籠りて過ぐす年月《としつき》こそ、あいな頼《だの》みに、行く末心にくく思ふらめ、なかなかなる心をや尽くさむと思ひて、ただこの浦におはせむほど、かかる御文ばかりを聞こえかはさむこそ、おろかならね、

源氏は都を去ってから、明石で二度目の秋を迎える。一度目は須磨だった。須磨では秋のもの寂しさがひとしお身に染みた。《明石には、例の、秋は浜風の異なるに》と、明石でも須磨で経験したような浜風が吹き、秋の寂しさをことさら際立たせる。

一人寝に就く源氏は《まめやかにものわびしうて》と、本当のところ夜中に、波の音に交じって耳を襲う浜風の音が堪えがたい。入道の娘のことが頭をよぎり、折を見て入道に話をもちかける。

焦る源氏は《「とかくまぎらはして、こち参らせよ」》――何とか目立たないようにしてこちらに来させるように、などと命じたりするのだが、《わたりたまはむことをばあるまじう

おぼしたるを》と、自分の方が女の住む岡辺の家へ出向くことなどあり得ないと思っている。

源氏にとっては召し出せばすぐに応じるはずの受領の娘だからであろうか。しかし、当人は身分は受領の娘であっても《正身はた、さらに思ひ立つべくもあらず》と、自分の方から源氏の元に参じようと思う気などさらさらない。「さらに〜ず」の強い否定のことばがそんな召しには応じたくないという娘の気持ちを伝える。

だが一方で、《いとくちをしき際の田舎人こそ、仮に下りたる人のうちとけ言につきて、さやうに軽らかに語らふわざもすなれ》ということも、噂でしかと聞きつけている。取るに足りない身分の田舎女のようなのが、いっとき都から下って来た男の甘言に飛び付いて軽々と懇《ねんご》ろの仲にもなるらしい。《いとくちをしき際の田舎人こそ》の《こそ》は、一つを特に強く指示することば。源氏に対しては劣等意識で身を固める娘だが、自分は何の考えもなく情に流されるだけの愚かな田舎女ではないという強い自負心を持つ。

自分が源氏の召しに応じたくないのは、源氏は自分のことを《人数にもおぼされざらむものゆゑ、われはいみじきもの思ひをや添へむ》と、思ってしまうからである。「人数に思う」は人並みの者として認められること。源氏のような高貴な身分の人は自分のような者を数にも入れないだろうから、たとえ結ばれてもすぐに捨てられて悩むだけ悩むのがせいぜいであろうと、娘は覚めきって心を閉ざす。

《かく及びなき心を思へる》と、親たちは源氏のような人を相手にと考えているようだが、それがとんでもない高望みであることをわきまえて欲しい。娘がまだ親の庇護の元で暮らすうちは《あいな頼みに、行く末心にくく思ふらめ》——あてにならない人をあてにしてこれからどうなるかもはっきり分からないから、そんな勝手な妄想も許されるのだ。

しかし、その望みが現実のものとなって、源氏と結婚することになったら《なかなかなる心をや尽くさむ》——身分のかけ離れた世界でつらい思いをすることになるので、親たちはかえって心配や嘆きの尽きない日々を送ることになるだろうと娘は思う。

本来ならば源氏のような人はこのような手の届くような所にいる人ではない。それがたまたま都を離れる事情があって、須磨から難を逃れてここまで身を寄せて来たのである。そんな源氏がこの明石に止まっている間に、《かかる御文ばかりを聞こえかはさむこそ、おろかならね》と、手紙のやりとりをする仲になったことだけでも、普通だったら考えられないような幸運なことに違いない。「おろかならね」は一通りではない、大変なものだ。「ね」は否定。娘は源氏という人の身分ばかりではない存在の大きさ、人柄の魅力を改めて思い遣る。

年ごろ音にのみ聞きて、いつかはさる人の御ありさまをほのかにも見たてまつらむなど、遙かに思ひきこえしを、かく思ひかけざりし御住《すま》ひにて、まほならねどほのかにも見たてまつり、世になきものと聞き伝へし御琴《こと》の音《ね》をも風につけて聞き、明け暮れの御ありさまおぼつかなからで、かくまで世にあるものとおぼし尋ぬるなどこそ、かかる海士《あま》のなかに朽《く》ちぬる身にあまることなれ、など思ふに、いよいよはづかしうて、つゆも気近《けぢか》きことは思ひ寄らず。親たちは、ここらの年ごろの祈りのかなふべきを思ひながら、ゆくりかに見せたてまつりて、おぼし数《かず》まへざらむ時、いかなる嘆きをかせむと思ひやるに、ゆゆしくて、めでたき人と聞こゆとも、つらういみじうもあるべきかな、目に見えぬ仏神《ほとけかみ》を頼みたてまつりて、人の御心をも宿世《すくせ》をも知らで、など、打ち返し思ひ乱れたり。君は、「このころの波の音に、かのものの音《ね》を聞かばや。さらずは、かひなくこそ」など、常にのたまふ。

《年ごろ音にのみ聞きて》と、前から都の美しい貴公子として源氏の噂はこの明石にも届いていた。《いつかはさる人の御ありさまをほのかにも見たてまつらむ》と、自分もいつの日かほんの少しでもそんな美しい人を見ることができるだろうかと、漠然とした憧れを乙女心に包み込んだまま月日は経つ。娘にとってその人は《遙かに思ひきこえし》といった見知らぬ世界の遠い存在にすぎなかった。

それが、思いもかけず突然のことに、源氏が明石に住むことになって、夢の中の憧れの人だったのが、現実の人として身近に感じられるようになったのである。娘は《まほならねどほのかにも見たてまつり》、《世になきものと聞き伝えし御琴の音をも風につけて聞き》、明け暮れの御ありさまおぼつかなからで》と、実際の源氏を全神経を傾けて感じ取ろうとする。

その姿をほの見たり、琴の音に耳を澄ませたり、毎日の暮らしぶりを耳に挟んだりして、自分の五感で実際の源氏を知るにつけ、娘の想像をはるかに超えた素晴らしさに圧倒されるのだった。

その源氏が《かくまで世にあるものとおぼし尋ぬるなどこそ》――自分のような者を人並みに思って手紙を届けてくれるなどいうこと自体、《かかる海士のなかに朽ちぬる身に》――この地の賤しい者たちの中に落ちぶれてしまった身にとって過ぎたことなのだと思うと《いよいよはづかしうて》ただもう気が引けてくるのだった。

《つゆも気近きことは思ひ寄らず》と、源氏の側近くに参上するなどおこがましくて思いも寄らない。「気近きこと」は、男女間でやがて結婚する関係になることを表すが、もともと「気近し」は、人と人との間が近いことで人の気配が感じられる様をいう。「語らふ」「見る」などは使わずに、距離感を感じさせることばで娘の気持ちを伝える。「つゆも」は全く。

それより娘は、先のことがよく分かっていないのではないかと、親たちのことを案じる。親たちは何年も住吉神社に詣でては、娘が身分の高い男と結ばれるようそればかりを祈願してきたので、源氏と出会った時、源氏をまさに祈りが届いたしるしと見て安堵の胸をなで下ろし、神に頼るしかなかったこれまでの緊張感がほどけてしまったのだ。

《ゆくりかに見せたてまつりて》と、よく考えもせず娘を源氏に近づけようとする親の舞い上がり方を嘆く。「ゆくりか」は、無遠慮で気兼ねをしない様。娘は先のことが心配でならない。《おぼし数まへざらむ時、いかなる嘆きをかせむ》と、たとえ源氏と結ばれたとしても、源氏の通いが途絶えがちになってやがては見向きもされなくなったら、親たちはどんなに嘆き悲しむだろうか。娘には親たちの嘆き悲しむ様が目に浮かび《ゆゆしくて》ならない。「ゆゆし」は悪いことが起こりそうな予感がする意。娘を突き動かすのは、暢気に構えて先のことなど考えない親たちを襲う不幸の影である。

　源氏がたとえ《めでたき人と聞こゆとも、つらういみじうもあるべきかな》と、誰しもが賞賛するような素晴らしい人であっても、裏切られた時のつらさ悲しさは、どんなに大きいだろうか。親たちは《目に見えぬ仏神を頼みたてまつりて、人の御心をも宿世をも知らで》本当なら会えるはずのない源氏と出会ったが、それは信仰心の強さだけで源氏を呼び寄せたものであって、源氏の気持ちや娘のたどる運命のことなど全く考えていない。娘はそのことが不安でたまらず、改めて悩みの種ともなっているのだった。

　源氏は源氏で《「このころの波の音に、かのものの音を聞かばや。さらずは、かひなくこそ」》などと言っては、風流にかこつけて入道に催促を重ねるのだった。波の音に合わせて琴の音をぜひとも聞きたいものだ。音の澄む時を逃したらつまらないからと。

岡辺の家へ

忍びてよろしき日見て、母君のとかく思ひわづらふを聞き入れず、弟子《でし》どもなどにだに知らせず、心一つに立ちゐ、かかやくばかりしつらひて、十三日の月のはなやかにさし出でたるに、ただ「あたら夜《よ》の」と聞こえたり。君は、好《す》きのさまやとおぼせど、御直衣《なほし》たてまつりひきつくろひて、夜《よ》ふかして出でたまふ。御車は二《に》なく作りたれど、所狭《せ》しとて、御馬《むま》にて出でたまふ。惟光《これみつ》などばかりをさぶらはせたまふ。やや遠く入る所なりけり。道のほども、四方《よも》の浦々見わたしたまひて、思ふどち見まほしき入江《いりえ》の月影にも、まづ恋しき人の御ことを思ひ出できこえたまふに、やがて馬引き過ぎておもむきぬべくおぼす。

秋の夜のつきげの駒よわが恋ふる
　雲居を翔《かけ》れ時の間も見む

と、うちひとりごたれたまふ。

自分の方からは決して出向こうとはしないが、まだ会ったことのない娘には思いを募らせているらしい源氏の様子を察し、入道は、いよいよ「その日」を用意しなければと行動を起こす。もちろん《忍びて》とあるように、すべてにわたり秘密裏に事は進められる。入道にとって「その日」は神意の成就に向かう第一歩に当たり、準備過程も神聖なものでなければならない。まずは《よろしき日見て》と、自分で暦をにらみ、婚礼にふさわしい吉日を選ぶ。

しかし、母君に対しては《とかく思ひわづらふを聞き入れず》と、相も変わらず身勝手を通す。「わづらふ」は、事がすらすら運ばず難儀をすること。母君は娘が源氏と結ばれれば高貴な方々の中に交じってつらい思いをするだけなのが目に見えて堪えられない、そしてわざわざ勅勘を受けた罪人同様な人と結婚させようとする夫の気が知れない、などと難色を示すので、入道は無視を決め込む。

ましてや《弟子どもなどにだに知らせず》と、身の回りの世話をさせたりして常に行動を共にする身近な弟子の法師たちにさえも知らせず、《心一つに立ちゐ》と、胸一つに収めてあれこれ動き回り準備を進めたのだった。弟子の中には入道の挙動不審の行為に首をかしげる者もいたに違いない。

いよいよ入道だけが知る「その日」となる。娘の部屋を《かかやくばかりにしつらひて》、入道は心密かに源氏の訪れを待つ。胸のときめきを押さえつつ娘には気付かれないように入念に心ゆくまで磨き上げたに違いない。

その夜、入道は皓々と輝く十三夜の月の出を待って、源氏へは《ただ「あたら夜の」》という歌だけを書いた手紙を届ける。「あたら夜の」は、「あたら夜の月と花とを同じくは心の知れらむ人に見せばや」（『後撰集』源源明）の一部。もったいないような今宵の名月と花をわかる人に見せたいものだと告げ、娘との結婚を許すことを父親の立場から暗に示す。

源氏は入道の手の込んだ演出ぶりに《好きのさまや》——何かと風流ぶってと呆れる。源氏からすれば作為に過ぎて居心地が悪い。しかし、今宵の美しい月のもとでは、名月を愛でる誘いが来ればこちらから出向かないわけにいかない。月を名目にして花をも、と、入道の巧みな誘いに乗せられる不快感を多少伴いながらも源氏は腰を上げる。

《御直衣たてまつりひきつくろひて、夜ふかして出でたまふ》と、女と会うことになるのを意識して、普段女の元へ通う時の直衣をまとい身だしなみを充分に整えて、人目につかないように夜更けてから出かける。入道は《二なく作りたれど》——ぴかぴかに磨かれ飾り立てられた車を用意したが、源氏は《所狭しとて》断り、馬に乗る。「所狭し」は仰々しい感じである。供の者には《惟光などばかり》が従う。恋のからむ外出に惟光の存在は欠かせない。娘の住む岡部の家は海辺からやや遠く入った所にある。

月明かりを頼りに一行は奥へと進み、山を上ると眼前に海の広がる見晴らしの良い所に出た。源氏は《四方の浦々見わたしたまひて》、このような眺めの良い所から入江の方を望んで詠んだ「思ふどちいざ見に行かむ玉津島入江の底に沈む月影」という古歌[*①]を思い浮かべる。

古歌にあるとおり月の光に照らされたあの美しい入江はいとしい人と一緒に見たい。源氏の面影に《まづ恋しき人の御こと》が浮かぶ。

誰より愛しい妻の二条の君を思うこの気持ちは何にも代えがたい。叶うことならば《やがて馬引き過ぎておもむきぬべくおぼす》――このまま馬の首を京に向けて妻の元に走らせてしまいそうである。《やがて》《ぬべく》が、危うい気持ちを表して妙である。

そんな真情を歌に詠まずにはいられない。源氏は《秋の夜のつきげの駒よわが恋ふる雲居を翔れ時の間も見む》とひとりつぶやくのだった。「秋の夜の」は、「月」に言いかけた「つきげ」の序詞。「雲居」は大空と都を掛ける。「時の間も」はちょっとの時間。京に翔け参じほんの一瞬でも妻に会って顔を見られたらそれでいい。この月毛の馬ならそれを叶えてくれるかもしれないとふと妄想に駆られる。心に妻の面影を抱きしめながら、馬の歩みは受領の娘に会うべく岡辺の家へと向かう。

＊①『源氏釈』「玉津島」は、紀伊の国、和歌の浦に臨む歌枕。

造れるさま、木深《こぶか》く、いたきところまさりて、見どころある住《すま》ひなり。海のつらはいかめしうおもしろく、これは心細く住みたるさま、ここにゐて、思ひ残すことはあらじとすらむと、おぼしやらるるに、ものあはれなり。三昧《ざんまい》堂近くて、鐘の声、松風に響きあひて、もの悲しう、岩に生ひたる松の根ざしも、心ばへあるさまなり。前栽《せんざい》どもに虫の声を尽くしたり。ここかしこのありさまなど御覧ず。娘住ませたるかたは、心ことに磨きて、月入れたる真木《まき》の戸口、けしきばかりおしあけたり。うちやすらひ、何かとのたまふにも、かうまでは見えたてまつらじと深う思ふに、もの嘆かしうて、うちとけぬ心ざまを、こよなうも人めきたるかな、さしもあるまじき際《きは》の人だに、かばかり言ひ寄りぬれば、心強うしもあらずならひたりしを、いとかくやつれたるに、あなづらはしきにやと、ねたう、さまざまにおぼしなやめり。情《なさけ》なうおし立たむも、ことのさまに違《たが》へり、心くらべに負けむこそ人わろけれ、など、乱れ怨みたまふさま、げにもの思ひ知らむ人にこそ見せまほしけれ。

岡辺の家は庭木が鬱蒼と茂り《いたきところまさりて》と、随所に目を見張るほどの趣向が凝らされ見応えある住まいである。「いたし」は感にたえない、素晴らしい。入道の住む

《いかめしうおもしろく》と、堂々とした構えの趣深い海辺の家に対して《これは心細く住みたるさま》と、ひっそりとした佇まいの家で源氏はその風情に惹き付けられる。《ここにゐて、思ひ残すことはあらじとすらむ》と、ここで物思いの限りを尽くす日々を想像すると、しみじみとした思いに浸される。*②三昧堂も近くにあり、ふと耳を澄ませば《鐘の声、松風に響きあひて》何とも言えない風情を醸し、もの悲しい気持ちに誘われる。

そんな中ではごつごつとして無粋な《岩に生ひたる松の根ざし》までもが、月の光を浴びて風情ある光景の一部をなす。《前栽どもに虫の声を尽くしたり》——前庭のさまざまな植え込みにすだく虫たちが源氏一行を歓迎するかのように声を限りに鳴き立てる。

源氏は庭のあちらこちらを見て回ってから家の方に進み、娘を住まわせている一画を見やる。そのあたりは《心ことに磨きて》と、源氏の訪問を意識して念入りに手を入れ磨きあげられている。そして《月入れたる*③真木の戸口、けしきばかりおしあけたり》——月のひかりが差し込む真木の戸口が、源氏を誘うように少し押し開けてあるのだった。源氏は入道のあからさまな小細工に気がそがれる思いだったが、不快感は押さえ中に進むと娘の部屋の出入り口にたたずみ、《うちやすらひ》と、ためらいがちの口調で何かと語りかける。

しかし、娘の方は《かうまでは見えたてまつらじ》と、身近では会うまいと固く思い決めているのに、源氏がこんな近くまで来ているとは何と情けないと、ため息を漏らすばかりで返事もしない。《かうまで》はこんな近くでは。源氏はこちらからわざわざ足を運んで来ているというのに、なお沈黙し拒絶を通そうとする娘の《うちとけぬ心ざまを》見せつけられ、

《こよなうも人めきたるかな》と、その気位の高さに驚き呆れながらも、見事な貴婦人ぶりだと感じ入る。

このようなはねつけかたをする女に出会ったことはない。《さしもあるまじき際の人だに、かばかり言ひ寄りぬれば、心強うしもあらずならひたりしを》――男にはやすやすと従いそうにない高い身分の女でさえ近くに寄ってことばをかければ、つれない態度をとらないものなのに、何ということだ。たかが受領風情の娘がそこまで自分を拒むことなど、およそ有り得ない非常識なことなので、源氏の心は手痛い傷を負いねじける。

《いとかくやつれたるに、あなづらはしきにや》と、自分の立場が今や落ちぶれて見る影もないのを、娘は馬鹿にしているのだろうか、と思ったら《ねたう》と、悔しさ、腹立たしさがないまぜになって込み上げてくる。

さすがに《さまざまにおぼしなやめり》と、勝手の違う受領の娘の反応を、どう受け止めたらいいのか、この恋をどう進めたらいいのか、源氏としては珍しくぐずぐずと思い悩んでいるようだと語り手は伝える。

例えば源氏は《情なうおし立たむも》――無理強いを承知でひと思いに迫ったら、などとも考えた。だが《ことのさまに違へり》と、その考えはすぐさま撤回する。そんな無茶なことが通じるわけがない。父入道の承諾を得た正式な婚姻の形に反してしまうではないか。かと言って《心くらべに負けむこそ人わろけれ》と、娘との「心くらべ」に負けた形で身を引くことなど、みっともなくてできるわけがない。

さすがの源氏も恋路に於いて進退極まれりとばかりうろたえる。源氏の《乱れ怨みたまふさま》は、たいした見物《みもの》に違いない。自分だけ見るのはもったいないくらいだと、語り手は真面目に思う。《げにもの思ひ知らむ人にこそ見せまほしけれ》*④と、なるほど入道の言ったようにこんな田舎にはいないような、ものの情趣が分かる人にこそ見せたいものだと大真面目である。

*②法華三昧《ほけざんまい》の行法を行う堂。
*③「真木」の「真」は美称。杉、檜などの良質の建築材をいう歌語。「君や来む我や行かむのいさよひに真木の板戸もささず寝にけり」(『古今集』読み人知らず)
*④前の「あたら夜の」という入道の誘いをここに受けて「げに」と言う。

近き几帳《きちやう》の紐《ひも》に、筝《さう》の琴《こと》のひき鳴らされたるも、けはひしどけなく、うちとけながらかきまさぐりけるほど見えてをかしければ、「この聞きならしたる琴《こと》をさへや」など、よろづにのたまふ。
むつごとを語りあわせむ人もがな

憂《う》き世の夢もなかば覚《さ》むやと
明けぬ夜にやがてまどへる心には
いづれを夢とわきて語らむ

ほのかなるけはひ、伊勢の御息所《みやすどころ》にいとようおぼえたり。何心もなくうちとけてゐたりけるを、かうものおぼえぬに、いとわりなくて、近かりける曹司《ざうし》の内に入りて、いかで固《かた》めけるにか、いと強きを、しひてもおし立ちたまはぬさまなり。されど、さのみもいかでかはあらむ。人ざま、いとあてに、そびえて、心はづかしきけはひぞしたる。かうあながちなりける契りをおぼすにも、浅からずあはれなり。御心ざしの近《ちか》まさりするなるべし。常はいとはしき夜の長さも、とく明けぬるここちすれば、人に知られじとおぼすも、心あわたたしうて、こまかに語らひ置きて出でたまひぬ。

その時、思い乱れる源氏の耳にふと《近き几帳の紐に、箏の琴のひき鳴らされたる》――几帳の紐（帳《とばり》とともに垂れている野筋《のすじ》）が箏の琴の弦に触れて鳴る音が聞こえる。それは音にもならないようなほんのかすかな響きだったが、源氏は聞き逃さなかった。

源氏はそれによって一気に、見たわけでもない娘の存在をありありと身近に感じとる。娘はつい先ほどまで、そこらを片付けることもなく御帳台の前で、箏の琴を思うままに爪弾いては楽の音と戯れていたに違いない。《けはひしどけなく、うちとけながらかきまさぐりける》娘の、琴に興ずる姿がほほえましく想像されて気持ちがほどける。

源氏は娘の手慣れた琴の醸す風情に心惹かれる。《「この聞きならしたる琴をさへや」》と、噂の琴も聞かせてくれないのかと迫り、再び娘に向き合う。そのほかにもいろいろと話を添える。ついで《むつごとを語りあわせむ人もがな憂き世の夢もなかば覚むやと》――心開いて話ができる人が欲しいのだ、あなたと話ができれば憂き世のつらい夢も少しは覚めるだろうからと、歌に詠んで率直な気持ちをぶつける。「むつごと」は打ち解けた会話。

娘は逃げずにすぐさま《明けぬ夜にやがてまどえる心にはいづれを夢とわきて語らむ》――明けない闇の中をさ迷っている自分にはどれが夢か分かって相手になれるだろうかと、源氏の気持ちを受け止め、ぴたりとかみ合った歌を返してきた。「憂き世」に対して「明けぬ夜」、「覚む」には「まどへる」、「語りあはせむ」に「わきて語らむ」のように、ことばを巧みに呼応させた返歌の仕方を会得しているようである。その上、娘が《ほのかなるけはひ》で歌を詠む様子には《伊勢の御息所にいとようおぼえたり》と、ひっそりと奥ゆかしい伊勢の御息所を思わせる雰囲気があった。源氏はまだ見ぬ娘に思いを募らせる。

娘は今夜源氏の訪問があると父から知らされていなかった。《何心もなくうちとけてゐたりけるを》と、この部屋で琴を奏でながら気ままにくつろいでいたところ、突然の源氏の来訪に驚き慌て《かうものおぼえぬに、いとわりなくて》無我夢中で近くの《曹司》の中に逃げ込む。「ものおぼえぬ」は気が動転すること。「曹司」は個人用の部屋。

源氏は娘を追うが、《いかで固めけるにか、いと強きを》と、曹司の戸は固く閉ざされびくともしない。部屋の前でどうしたものかと戸惑うが、《しひてもおし立ちたまはぬさまなり》と、強引に振る舞うことはしない。ただ立ち往生を余儀なくされ娘の意向を伺うしかないのだった。

語り手が《されど、さのみもいかでかはあらむ》――いつまでもそんなことばかりをしてはいられないだろうと言って、源氏がその後部屋に入ったことを暗に伝える。どうやら娘に会えたようだ。

《人ざま、いとあてに、そびえて、心はづかしきけはひぞしたる》というのが、女と会って源氏が感じ取った第一印象である。「あて」は気品がある。「そびえて」は背がすらりとしている。こちらが気後れするほど相手が優れている意の「心はづかしきけはひ」ということばが伝えるように、源氏は受領の娘とは到底思えないほどの申し分ない佇まいに圧倒される。

源氏は《かうあながちなりける契りをおぼすにも》――普通ではとても考えられないような奇遇とも言うべき娘との結び付きに、目に見えない因果の縁を感じる。言い知れぬ感慨が込み上げ《浅からずあはれなり》と、娘が一層愛おしくなるのだった。語り手はそんな娘への思いについて、《御心ざしの近まさりすべし》と断言する。

初めは源氏の召しに応じようとしない受領の娘の気位の高さにたじたじとなったりしたが、

歌の出来栄えや筆つきににじむ娘の教養の深さに源氏の偏見や戸惑いもなくなり、会うほどに愛情が深まるのであろう。娘はそういう人なのだと語り手は言いたい。「近まさり」は遠くで見るより近くで見た方が優れて見えること。

源氏は娘との語らいに心が満たされる。《常はいとはしき夜の長さも、とく明けぬるここちすれば》と眠れぬ夜の長さを託《かこ》つ「ひとり寝のものわびしさ」から解放され、娘と過ごしていつの間にか夜明けを迎えるといった日々が訪れるようになった。

ここは鄙の明石で勝手も違うのに、恋人のもとから朝帰りを急ぐ男のような気になって、《人に知られじとおぼすも、心あわたたしうて》と、せかせかと帰り支度をはじめる。しかし娘には《こまかに語らひ置きて》と、心を込めて逢瀬の約束をするのを忘れずに家を出る。《人に知られじ》と強く思うのは二条院の御方を意識するからであろうか。

思うは二条の君

御文、いと忍びてぞ今日はある。あいなき御心の鬼なりや。ここにも、かかることいかで漏らさじとつつみて、御使《つかひ》ことことしうももてなさぬを、胸いたく思へり。かくて後《のち》は、忍びつつ時々おはす。ほどもすこし離れたるに、おのづからもの言ひさがなき海士《あま》の子もや立ちまじらむとおぼし憚るほどを、さればよと思ひ嘆きたるを、げにいかならむと、入道も、極楽《ごくらく》の願ひをば忘れて、ただこの御けしきを待つことにはす。今さらに心を乱るも、いといとほしげなり。

二条の君の、風のつてにも漏り聞きたまはむことは、たはぶれにても心の隔てありけると思ひうとまれたてまつらむは、心苦しうはづかしうおぼさるるも、あながちなる御心ざしのほどなりかし。

結婚成立の朝は、帰宅した男から女のもとに手紙を送り（後朝《きぬぎぬ》の手紙）、女の側はその使者をもてなすというしきたりがある。しかし、婿殿の後朝の文を預かった使者には《御文、いと忍びてぞ今日はある》と、今日の手紙は周囲の者には知られないように心して届けよという主人の命が下っていた。《今日はある》の「は」には強調の意があり、入道の娘は晴れて源氏と結ばれ妻の一人となった晴れがましい日なのにという気持ちが籠もる。

源氏の頭には入道一家を思い遣る余裕はなく、二条の君を憚る気持ちばかりがふくらんでいた。そんな源氏の京への配慮を、語り手は、《あいなき御心の鬼なりや》と言って皮肉る。「あいなし」はつまらない。「心の鬼」は良心の咎め。余計なことなのにと言いたい。

そうなれば女の家の方でも、源氏の通いが噂に上らないように気を遣って、源氏からの使者に対して人目に立つ扱いはしない。だがせめて使者を特別扱いして盛大にもてなしてほしかった入道は、使者が気の毒で《胸いたく思へり》と、心苦しくてならないのだった。

その後も源氏は《忍びつつ時々おはす》と、まず人目を気にした。けれども《忍びつつ》《時々》ということばで表される、心ここにあらずのような通い方は娘にとっては不誠実そのものに映る。娘は《ほどもすこし離れたるに、おのづからもの言ひさがなき海士の子もや立ちまじらむ》――ここまで来る間に、口うるさい土地の若者がうろついていて何を言われるか分からないのを警戒するのだろうと察しはする。しかし《さればよと思ひ嘆きたるを》と、実際に案じていたことがその通りになってみると、つらさはひとしおでため息ばかりつく。娘には源氏に深くかかわればこういう目に会うと分かっていたことなのだが……。

そんな娘を目にすれば入道も《げにいかならむ》と、途切れがちな通いはどうなってしまうのか、先のことが案じられて勤行どころではなくなる。そのうちに《極楽の願ひをば忘れて》と、仏に向かって祈る本来の仕事もどこへやら、娘同様に《ただこの御けしきを[*①]待つことにはす》と、ただ源氏の訪れを待つことを仕事にしてしまったようである。語り手は《今さらに心を乱るも、いといとほしげなり》と、娘のことが心配で何にも手に付かなくなり、ぼんやりとしている入道に同情を惜しまない。娘を案じてただ苦しんでいる姿は気の毒で、はたで見ていられない気がするのであろう。

　源氏はひたすら京の二条の君を心にかけ存在を気にしている。万が一《風のつてにも漏り聞きたまはむことは》と、明石の通い所のことが耳に入ってしまったら《たはぶれにても心の隔てありけると思ひうとまれたてまつらむは》――噂だから本気にはしないにしても、自分に隠し立てをしたと二条の君には不愉快な思いをさせる。

《心苦しうはづかしうおぼさるるも》と、そのことが心苦しいし、恥ずかしくて合わせる顔もない。語り手が、二条の君を思いやって忠義立てをする源氏の気持ちを、《あながちなる御心ざしのほどなりかし》と説明する。「あながち」は自分の内部的衝動を止め得ず、やむにやまれない様。《御心ざし》は源氏の愛情。よほどの深い愛情ゆえだと言う。

*①入道の「待つこと」は、本来は聖衆《しょうじゅ》（極楽浄土の阿弥陀仏など聖者たち）の来迎であるはずなのに、という気持ち。「は」は強意。

かかるかたのことをば、さすがに心とどめて怨みたまへりしをりをり、などて、あやなきすさびごとにつけても、さ思はれたてまつりけむなど、とりかへさまほしう、人のありさまを見たまふにつけても、恋しさのなぐさむかたなければ、例よりも御文こまやかに書きたまひて、奥に、

まことや、われながら心よりほかなるなほざりごとにて、うとまれたてまつりし節々《ふしぶし》を、思ひ出づるさへ胸いたきに、またあやしうものはかなき夢をこそ見はべりしか。かう聞こゆる問はず語りに、隔《へだ》てなき心のほどはおぼし合はせよ。誓ひしことも。

など書きて、

何ごとにつけても、

しほしほとまづぞ泣かるるかりそめの

みるめは海士《あま》のすさびなれども

とある御返り、何心なくらうたげに書きて、果てに、

忍びかねたる御夢語りにつけても、思ひ合はせらるること多かるを、

うらなくも思ひけるかな契りしを
松より波は越えじものぞと

おいらかなるものから、ただならずかすめたまへるを、いとあはれに、うち置きがたく見たまひて、名残《なごり》久しう、忍びの旅寝もしたまはず。

かつて《かかるかたのことをば》——源氏の浮気沙汰に対して二条の君が、《さすがに心とどめて怨みたまへりしをりをり》と、真剣な態度で怨みをぶつけてきたことが幾度かあったのを思い出す。それにしても《などて、あやなきすさびごとにつけても、さ思はれたてまつりけむ》——どうして自分はあんなつまらないことにうつつを抜かしては、二条の君に嫌な思いをさせてきたのだろうか。今《とりかへさまほしう》——昔のあの時を取り戻したい気がする。あの昔が今だったら二条の君にそんな苦労はさせないだろう。

源氏は《人のありさまを見たまふにつけても》と、たまさかであるにしても娘と会っていくうち、その人柄や立ち居振る舞いの奥ゆかしさなどにしだいに惹かれていくのを感じる。だからこそ娘と会うのがうしろめたいのだ。会う度に二条の君の姿が鮮明に意識される。

自分にとって誰よりも大切な人は二条の君。わずかなことでも隠し立てをしてその人を裏切るようなことはしたくない。《恋しさのなぐさむかたなければ》と、二条の君への思いは切羽詰まって、とめどない。思い余れば都に使者を送るしかない。直ぐに源氏は筆をとると、胸に溢れる思いを一気にかつ細やかに綴る。

そしてその奥に《まことや、われながら心よりほかなるなほざりごとにて、うとまれたてまつりし節々を、思ひ出づるさへ胸いたきに、またあやしうものはかなき夢をこそ見はべりしか。かう聞こゆる問はず語りに、隔てなき心のほどはおぼし合はせよ。誓ひしことも》などと、いかにも付け足しのように語って娘とのことを告白したのである。

「まことや」は、あらたまって話題を転じる時や、急に思い出したことを述べる時に用いる。この場合の「まことや」にも、相手の気持ちを刺激せずにさりげなく伝えたいという源氏の気持ちが託されている。「なほざりごと」は、いいかげんにすること。浮気沙汰を指す。考えなしに浮気沙汰を起こし、二条の君に嫌われて過ごした日々は思い出すのもつらいのに、今またつまらない夢を見てしまった、聞かれぬ先に言い出すのは隠し事をしたくない一心からと察して欲しいと、明石の娘とのことはぼかした言い方で濁しながらも、「隔てなき心のほど」だけは何としても分かってほしいという思いが滲む文面である。

そして《何ごとにつけても　しほしほとまづぞ泣かるるかりそめのみるめは海士のすさびなれども》という歌を添える。が、源氏が何よりも伝えたいのは《しほしほとまづぞ泣かるる》今の自分の姿に違いない。《しほしほ》は、(涙・雨）にしとしとぬれる様。下の句で《かりそめのみるめ》と詠み、軽い気持ちでこちらの女の人と会ったと、浮気の事実もはっきり告げる。「見る目」(人に会うこと)に「海松布」、「しほしほ」には「潮」を、「かりそめ」に「刈り」をかけ、これらは「海士」の縁語。

二条の君から返事が届く。手紙の書きぶりはいつものように《何心なくらうたげに書きて》屈託がない。しかし文面の終わりには《忍びかねたる御夢語りにつけても、思ひ合はせらるること多かるを　うらなくも思ひけるかな契りしを松より波は越えじものぞと*②》と、源氏の告白に対する反応がさりげなく示されていた。

それは人を恨んだり責めたりすることなくひたすら自分を責めるものだった。これまでも源氏が浮気沙汰を起こす度に少なからず傷ついてきた二条の君は、《御夢語り》の唐突な告白に驚きたじろぐ。源氏は妻との約束を守れない男なのだ、それは身に染みて分かっている。なのに、いざとなると《うらなくも思ひけるかな》――疑いもなく信じてしまう。《松より波は越えじものぞ》――波は末の松山を越えることはない、心変わりはないと約束してくれたのだからと。相手の非を責めるのでなく、信じた自分を責める女君の姿勢は源氏の痛いところを突く。

源氏は《おいらかなるものから、ただならずかすめたまへるを》と、穏やかなもの言いだからこそ、そこに込められた二条の君の真情に思いがゆく。《ただならず》――尋常ではなくということばが、心かき乱されて苦しむ二条の君の姿を浮き上がらせる。源氏は自責の念に苛まれ、約束を守りきれなかった自分が腹立たしくいたたまれない思いである。

手紙を抱きしめるように《うち置きがたく見たまひて》、二条の君の切なさをわが胸に刻み込む。そして《名残久しう、忍びの旅寝もしたまはず》と、その気持ちの余韻はいつまでも引かず、岡辺の家へは足が向かわなくなってしまったのだった。

＊②「君をおきてあだし心をわが持たば末の松山波も越えなむ」（『古今集』陸奥歌）
「契りきなかたみに袖をしぼりつつ末の松山波越さじとは」（『後拾遺集』清原元輔）

女、思ひしもしるきに、今ぞまことに身も投げつべきここちする。行く末短《みじか》げなる親ばかりを頼もしきものにて、いつの世に人なみなみになるべき身とは思はざりしかど、ただそこはかとなくて過ぐしつる年月は、何ごとをか心をもなやましけむ、かういみじうもの思はしき世にこそありけれと、かねておしはかり思ひしよりもよろづに悲しけれど、なだらかにもてなして、憎《にく》からぬさまに見えたてまつる。

あはれとは月日に添へておぼしませど、やむごとなきかたの、おぼつかなくて年月を過ぐしたまふが、ただならずうち思ひおこせたまふらむが、いと心苦しければ、独り臥《ふ》しがちにて過ぐしたまふ。絵をさまざま書き集めて、思ふことどもを書きつけ、返りこと聞くべきさまにしなしたまへり。見む人の心にしみぬべきもののさまなり。いかでか空に通ふ御心ならむ、二条の君も、ものあはれになぐさむかたなくおぼえたまふをりをり、同じやうに絵を書き集めたまひつつ、やがてわが御ありさま、日記《にき》のやうに書きたまへり。いかなる御さまどもにかあらむ。

源氏の通いがふっつりと途絶えてしまった岡辺の家では重い空気が垂れ込めていた。源氏の妻の一人となった入道の娘は《女》と呼ばれ、源氏の冷たい仕打ちに深く傷つき打ちのめされている。女は《思ひしもしるきに、今ぞまことに身も投げつべきここちする》と絶望の淵に立たされている心境である。「〜もしるし」はそのとおりである。

こうなることは分かっていたが本当にそのとおりになってしまった。こんなふうに簡単に捨てられるとは、何と耐えがたい屈辱であろうか。このまま生きながらえるのは恥ずかしく今こそ、身を投げてこの身を無きものにしてしまいたいと思う。

《行く末短げなる親ばかりを頼もしきものにて、いつの世に人なみなみになるべき身とは思はざりしかど》と、女はわが身を振り返る。これまで老い先の短い親だけを頼りにしてきた自分が結婚して人並みの境遇になるとは思ってもいなかった。それにしてもただ何とはなしに過ごしてきた娘の頃は《何ごとをか心をもなやましけむ》と、悩むことを知らずに何と幸せだったことかと思う。

人並みに男を待つ身になってみれば、《かういみじうもの思はしき世にこそありけれ》とわかる。結婚とはひどくつらい物思いの日々を送ることだったのだ。「世」は男女の仲。そんなことになるのを自分は予想していたが、《かねておしはかり思ひしよりもよろづにかなしけれど》と、実際になってみるとあれこれ想像していたより以上にすべてに於いて悲しいものである。

しかし、女は源氏の訪れがあった時は、そんな気持ちは押し隠し、《なだらかにもてなして、憎からぬさまに見えたてまつる》という態度で源氏に接する。《なだらかに》は、角立つところなくなめらか。《憎からぬさまに》は感じがよく好感が持てる様。女は男の機嫌を損ねないで心地よくもてなす時の振る舞い方をきびしく躾けられていると見える。女は幾重にも屈折した心を押し隠したまま源氏の妻として生きることになる。

《あはれとは月日に添へておぼしませど》と、源氏は女と逢瀬を重ねるにつれ、愛情が増していくのを感じるようにはなるものの、心がどうにも落ち着けない。「あはれ」は愛情。「あはれとは」の「とは」が気持ちの軽さを表す。源氏の気持ちの先には《やむごとなきかたの》二条の君がいる。二条の君は《おぼつかなくて年月を過ぐしたまふが、ただならずうち思ひおこせたまふらむが、いと心苦しければ》と、ただでさえ先行きの不安を抱えて都での日々を過ごしているのに、こちらが追い打ちを掛けるような不安の種をまくので、一層心をかき乱しているに違いないと思うと、心苦しくてならない。《独り臥しがちにて過ぐしたまふ》と、源氏は女の元へは途絶えがちになり、独り寝が多いのだった。ここにはいない大切な人の眼差しが抑制をかけるからであろう。

源氏は二条の君ともっと密接に心を交わし合いたいと思って手紙に工夫をこらす。《絵をさまざま書き集めて、思ふことどもを書きつけ、返りこと聞くべきさまにしなしたまへり》——さまざまな絵をたくさん書き集め、そこに折々心に浮かんだことばや歌を書きつけ、二条の君の返事が聞けるような場所も作っておくという趣向である。見る人が《心にしみぬべき》と、感動するに違いない素晴らしい出来栄えだった。

それにしても、《いかでか空に通ふ御心ならむ》——話し合ってもいないのにどんなふうに互いの心は通い合うのだろうと、語り手は二人を不思議がる。何と二条の君も《ものあはれになぐさむかたなくおぼえたまふをりをり》——心が塞いでどうにもならない時は、《同じやうに絵を書き集めたまひつつ、やがてわが御ありさま、日記のやうに書きたまへり》——期せずして源氏と同様に絵を沢山書き集め、そこに自分の日常生活の一こまを日記のように書き込んでいたのである。

語り手が《いかなる御さまどもにかあらむ》と、これから二人の絵日記にはどんな有様が書き込まれていくのだろうか興味津々であると言いたげに結ぶ。

帝の召還

年かはりぬ。内裏《うち》に御薬《くすり》のことありて、世の中さまざまにののしる。当代の御子《みこ》は、右大臣の女《むすめ》、承香殿《しょうきやうでん》の女御《にょうご》の御腹に男御子《みこ》生まれたまへる、二つになりたまへば、いといはけなし。春宮《とうぐう》にこそはゆづりきこえたまはめ。朝廷《おほやけ》の御後見《うしろみ》をし、世をまつりごつべき人をおぼしめぐらすに、この源氏のかく沈みたまふこと、いとあたらしうあるまじきことなれば、つひに后《きさき》の御いさめをも背《そむ》きて、ゆるされたまふべき定《さだ》め出で来《き》ぬ。去年《こぞ》より、后《きさき》も御もののけになやみたまひ、さまざまのもののさとししきり、騒がしきを、いみじき御つつしみどもをしたまふしるしにや、よろしうおはしましける御目のなやみさへ、このころ重くならせたまひて、もの心細くおぼされければ、七月二十余日《にじふよにち》のほどに、また重ねて、京へ帰りたまふべき宣旨下《くだ》る。

年が改まる。だが年明けの都は、新年を寿ぐ様子も見られず何とはなしにざわついていた。

《内裏に御薬のことありて、世の中さまざまにののしる》と、人々が帝の病を案じてさまざまに憶測し、それが噂として伝播していったからである。昨年三月末の発病以来、帝の眼病はいまだに癒えてなかった。

こんなに長い間治らないのは異常ではないか、御目が悪いのでは公務にさしつかえるのではないか、そろそろ譲位を考えた方がいいのではないかなどと、帝の病に関する噂はいろいろの角度から乱れ飛んで都を騒がせる。「薬のこと」は病。「ののしる」は大声をあげて騒ぎたてる。

さらに譲位するにしても誰に譲るかが問題だなどと、噂好きの都の人々は帝のかかえる諸事情を我が家にさし迫った重大事の如く熱を込めて語る。《当代の御子は、右大臣の女、承香殿の女御の御腹に男御子生まれたまへる、二つになりたまへば、いといはけなし》といった具合である。帝には承香殿の女御の産んだ男子がいるが、まだ二歳でほんの子供だ。本当はもっと長く在位して、その子が大きくなるのを待って位を譲りたいだろうが、病が長引いていては気の毒なことだ、大后もさぞかしはがゆく悔しい思いをしているだろう。

しかしそのためにも春宮がいるではないか、《春宮にこそはゆずりきこえたまはめ》と、現実問題としては春宮に譲るしかないというところに、今改めて気付いたように人々は安堵し落ち着く。帝もそのように思い決める。

そうなると、《朝廷の御後見をし、世をまつりごつべき人》——新帝を後見し、政を補佐していく人が必要となる。帝が適任者は誰かと思い巡らせても思い浮かぶのはただ一人、これまでも春宮を支えてきた源氏しかいない。《この源氏のかく沈みたまふこと、いとあたらしうあるまじきことなれば》と、帝はかつてない強い意志を持って現状を判断する。「あたらし」は、優れているものが失われていくことに対する愛惜の感じ、もったいない。源氏のような逸材をこんな不遇な目に合わせておくのは決して、あってはならないことだと、今まで押さえられていた判断力が一気に目覚めたのである。

三年以内の源氏召還は、母である后の意向に背くことになるが、それも承知の上だった。源氏を求める機運は、今であるとする帝の思いは強く脹らんでいた。《つひに后の御いさめをも背きて、ゆるされたまふべき定め出で来ぬ》と、后を無視したまま源氏赦免の件は会議に掛けられ、実行に移される。《定め》は公卿会議での決定。《ついに》ということばが、日ごろ感じているに違いない后の無言の圧力にも屈せず、己の意志を貫いて決定に至った帝の心の過程を想像させる。

もっとも后も昨年からもののけに病み苦しんでいたので、政に口出しするのも容易ではなくなっていたに違いない。その上、都は《さまざまのもののさとししきり、騒がしきを》と、《もののさとし》が入り乱れつつ飛び交い、不穏な空気に覆われていた。「もののさとし」は神仏の啓示、お告げ。

帝は世の乱れを憂い《いみじき御つつしみどもをしたまふしるしにや》――厳重な物忌みなどをしてひたすら人心の安寧を祈願する。そのせいか目の病は一時快方に向かうかに見えた。しかしそれは甘かった。世の中の騒がしさは変わらない上に、帝の目の病までが重くなっていき、帝は《もの心細く》と、いよいよ死が迫っているのではないかと不安に襲われる。こうなれば源氏の力を頼るしかなく《七月二十余日のほどに》《また重ねて、京へ帰りたまふべき宣旨下る》——再度源氏を都へ召還するという宣旨*①を下したのだった。《宣旨》は帝の意向を文書にしたもの。

*①詔や勅は手続きが煩雑で儀式的な場合に用いられる。普通のことは宣旨による。

つひのことと思ひしかど、世の常なきにつけても、いかになり果つべきにかと嘆きたまふを、かうにはかなれば、うれしきに添へても、また、この浦を今はと思ひ離れむことをおぼし嘆くに、入道、さるべきことと思ひながら、うち聞くより胸ふたがりておぼゆれど、思ひのごと栄えたまはばこそは、わが思ひのかなふにはあらめなど、思ひ直す。そのころは夜離《よが》れなく語らひたまふ。六月ばかりより心苦しきけしきありてなやみけり。かく別れたまふべきほどなれば、あやにくなるにやありけむ、ありしよりもあはれにおぼして、あやしうもの思ふべき身にもありけるかなとおぼし乱る。女は、さらにも言はず思ひ沈みたり。いとことわりなりや。思ひのほかに悲しき道に出で立ちたまひしかど、つひには行《ゆ》きめぐり来《き》なむと、かつはおぼしなぐさめき。このたびはうれしきかたの御出《い》で立《た》ちの、またやはかへりみるべきとおぼすに、あはれなり。

明石では帝の宣旨を携えた勅使を迎え、源氏の召還が知らされる。源氏はその知らせを冷静に受け止める。というのは帰還がいつになるかということについては《つひのことと思ひしかど、世の常なきにつけても、いかになり果つべきにかと嘆きたまふを》と、常日頃から最悪の場合も予想しつつ、悲観的見方を自らに課してやりすごしてきたからである。

「つひのこと」とは結局そうなること。結局は帰還できるだろうが、世の中どうなるか分からず、わが身もこの先どうなっていくのか分からない。ここで命果てるかもしれないのだと、源氏はいつのまにか流人の心情をなぞって生きていたのである。

そんな中、帰還の現実が突如としてもたらされ、一瞬戸惑うが、《うれしきに添へても、また、この浦を今はと思ひ離れむことをおぼし嘆くに》と、解き放たれる喜びが胸に湧き上がると同時に、ここで築いた人間関係を今断ち切らなくてはならないつらさの方がより強い。

入道は源氏がいつかは都に戻るのは当然のことと思っていながら、《うち聞くより胸ふたがりておぼゆれど》――いざ源氏帰還の知らせを耳にするなり、別れの悲しみが胸に込み上げてたまらなくなる。が、直ぐに自分を取り戻し、入道らしい独自の思索を巡らして、《思ひのごと栄えたまはばこそは、わが思ひのかなふにはあらめ》などと思い直すのである。源氏がこんなところに埋もれていては甲斐もない、都に戻って出世を果たし栄えてもらわなくては、それこそが娘の栄達をもたらし、わが望みも叶う道だとつぶやく。

そのころ源氏は、二条の君のことでは自分なりに気持ちを収め、《夜離れなく語らひたまふ》と、毎夜岡辺の家に通って娘と仲むつまじい時を過ごしていた。実は六月ころから娘には《心苦しきけしきありてなやみけり》と、懐妊の兆候が見られ、体調を崩していた。「心苦しきけしき」は痛々しい様子、つわりのこと。

源氏という人は、《かく別れたまふべきほどなれば、あやにくなるにやありけむ》と、懐妊を知って間もなく別れを迎えるといった切羽詰まった状況に置かれると、かえって愛情が増してゆくと語り手は分析する。「あやにく」は意地悪くも、あいにく。娘のことで《ありしよりもあはれにおぼして、あやしうもの思ふべき身にもありけるかな》と思い悩んでいたのである。以前はそれほどでもなかったのに、今は娘がいとしくてたまらないのだ。どうしてそうなってしまうのか自分でもわけが分からないのだが。所詮もの思いで苦しまなくてはならなくなるのがわが身なのだとしみじみ思う。

《もの思ふべき》と言う時、二条の君を初め女君たちの面影が胸を去来しているのだろうか。《女は、さらにも言はず思ひ沈みたり》と、源氏との突然の別離に衝撃を受け、誰よりも悲しんでいるのは言うまでもなく娘であって、それは無理もないことであると付け加える。

ついで語り手は帰還を前にした源氏の思いについても言及を試みる。《思ひのほかに悲しき道出で立ちたまひしかど、つひには行きめぐり来なむと、かつはおぼしなぐさめき。このたびはうれしきかたの御出で立ちの、またやはかへりみるべきとおぼすに、あはれなり》と、同じ旅路を前にしても二年半前と今との心境の違いに思いを馳せる。

源氏にとって須磨への旅路は思いも掛けないことでさぞ悲しかっただろうが、そんな時もいつかは都に戻れると希望は失わなかった。その思いが叶った今度の都への旅路はまたどんなにかうれしいだろう。しかしこの地を再び訪れることはないと思うと複雑な気持ちになるに違いない。「あはれ」と言うことばがそんな感無量の心境を的確に伝える。

さぶらふ人々、ほどほどにつけてはよろこび思ふ。京よりも御迎へに人々参り、ここちよげなるを、あるじの入道、涙にくれて、月も立ちぬ。ほどさへあはれなる空のけしきに、なぞや、心づから今も昔もすずろなることにて身をはふらかすらむと、さまざまおぼし乱れたるを、心知れる人々は、「あな憎《にく》、れいの御癖ぞ」と見たてまつりむつかるめり。月ごろは、つゆ人にけしき見せず、時々はひまぎれなどしたまへるつれなさを、このころあやにくに、なかなかの、人の心づくしにと、つきじろふ。少納言、しるべして聞こえ出でしはじめのことなどささめきあへるを、ただならず思へり。

《さぶらふ人々、ほどほどにつけてはよろこび思ふ》と、主人源氏の召還を知った供人たちは、都のそれぞれの待ち人たちを心に浮かべ、再会の喜びを思って顔をほころばせる。また源氏の世になれば忠勤が報われて出世もできるだろうなどと、しかるべき身分のものは思わくを働かせたりしている。「ほどほどにつけては」の「は」は、他と区別する意がある。

やがて《京よりも御迎へに人々参り、ここちよげなるを》と、都の人々が源氏を迎えにやって来た。都人たちの華やいだ雰囲気は明石の人々を圧倒する。「ここちよげ」ということばが伝えるように、都人たちは幾外への遠出に浮き立ち陽気にはしゃいでいる。田舎の珍しい風物や自然に触れるのがよほど楽しいのであろう。しかし、入道は海辺の館に籠もったまま《涙にくれて》日を過ごす。時間ばかりが流れ《月も立ちぬ》と、仲秋八月を迎える。

秋もたけなわである。帰京の日が迫っているというのに、《ほどさへあはれなる空のけしきに》と、もの思いに耽るのにふさわしい美しく澄んだ秋の空の元、源氏は娘との恋に心乱れて落ち着かない。《「なぞや、心づから今も昔もすずろなることにて身をはふらかすらむ」》――どうして自分は今も昔も自ら求めてこんな思いも掛けない恋路に身を投じてしまうのかと、自責の念にかられてつぶやく。「すずろ」は、その人の意に反しひたすらある方向に進んでいく感じを表す。「はふらかす」は放り出す。

帰り支度はどこへやら、そわそわとして心ここにあらずの源氏を見て、《心知れる人々》――事情を知る供人たちは《「あな憎、れいの御癖ぞ」と見たてまつりむつかるめり》と、時も場所もわきまえずいつもの癖がはじまったと苦い顔である。何も都へ帰る段に及んでこんな田舎の女に執心することはないだろうと、源氏の恋には不快を露にし、文句の一言も言いたくなっているようだ。「むつかる」は不快に思う、小言や文句をぶつぶつ言う。

これまでの源氏は周囲に気を遣って行動していた。《つゆ人にけしき見せず、時々はひまぎれなどしたまへるつれなさを》と、娘とのことは秘密裏に運び、岡辺の家への通いも時折にして、人に悟られないようこっそり逢い、さりげなく振る舞っていた。「はひまぎれ」の「はひ」には、人目に立たないようにの意がある。

しかし供人たちは《このころあやにく》《なかなか》《人の心づくしに》と、皮肉っぽいことばを並べて《つきじろふ》――互いに袖を突き合うのだった。近頃の源氏は困ったことに周囲を憚りもせず娘に夢中のようだが、別れることが分かっているのにかえって娘の心を傷つけることになるのではないかと、供人たちは源氏の豹変ぶりに戸惑い難色を示す。

少納言良清は他の供人たちが《しるべして聞こえ出でしはじめのことなどささめきあへるを、ただならず思へり》――昔、北山でこの娘についての噂を初めて源氏の耳に入れたのは良清なのに、などとささやいているのを聞き、《ただならず思へり》と心中穏やかでない。娘に思いを掛けていたのは自分の方で、もしかして結婚できていたかもしれないのに、自分の知らないうちになぜそんなことになったのか納得がいかず、胸のしこりが拭えないでいるのだった。

形見の琴

明後日《あさて》ばかりになりて、例のやうにいたくもふかさで、わたりたまへり。さやかにもまだ見たまはぬ容貌《かたち》など、いとよしよししう気高きさまして、めざましうもありけるかなと、見捨てがたく、くちをしうおぼさる。さるべきさまにして迎へむとおぼしなりぬ。さやうにぞ語《かた》らひなぐさめたまふ。男の御容貌《かたち》、ありさまはた、さらにも言はず。年ごろの御行ひにいたく面痩《おもや》せたまへるしも、言ふかたなくめでたき御ありさまにて、心苦しげなるけしきにうち涙ぐみつつ、あはれ深く契りたまへるは、ただかばかりを幸ひにても、などか止《や》まざらむとまでぞ見ゆめれど、めでたきにしも、わが身のほどを思ふも尽きせず。波の声、秋の風にはなほ響き異《こと》なり。塩焼く煙《けぶり》かすかにたなびきて、とりあつめたる所のさまなり。

このたびは立ち別るとも藻塩《もしほ》焼く
煙《けぶり》は同じかたになびかむ

とのたまへば、

かきつめて海士《あま》のたく藻の思ひにも
今はかひなきうらみだにせじ

あはれにうち泣きて、言少《ことずく》ななるものから、さるべき節《ふし》の御答《いら》へなど浅からず聞こゆ。

源氏が出立する日は明後日に迫っていた。娘の住む岡辺の家に通うのはその日が最後である。その夜も別れの時をたっぷりとるために《例のやうにいたくもふかさで》、夜更けにならないうちに着く。

当時、女は付き合いはじめてしばらくたたないと男に顔は見せないものだと言う。源氏も《さやかにもまだ見たまはぬ容貌など》と、まだはっきりと娘の顔を見たことがなかった。このころは毎夜のように通って逢瀬を重ねていたので、娘の不信感も拭われ、近々別れなくてはならないこともあって娘の方も心を許したのだろう。二人は灯火の元、初めて間近に向き合う。

　男は改めて女の面差しに目を遣り、《いとよしよししう気高きさまして》、《めざましうもありけるかな》と、気品をたたえた女の美しさにはっとさせられる。「よしよしし」は、いかにも上品の趣がある、一流でないまでも予想外に風情や上品さがあることに使う場合が多い。「めざまし」は思いのほか素晴らしい。源氏は《見捨てがたく、くちをしう》思う。このような美しい人を捨ておいたまま、二度と会えなくなることにはとても耐えられない。「くちをし」には、期待や夢が目の前で崩れるのを惜しむ気持ちがある。いろいろ問題はあるにしても何とかして都に迎えたいと思う。

《さるべきさまにして迎へむとおぼしなりぬ》と、美しい女を直《じか》に見たことで身分を考慮した扱いになっても、都に迎えることを強く決意する。《おぼしなりぬ》の「思ひなる」はその気になる。「さるべきさまにして」と現実的な対応策に思いを巡らすところに源氏の本気さが伺える。女には必ず迎えを寄越すと思いを伝えて、先行きの不安で心乱れているに違いない気持ちを慰める。

　女も男を間近く見る。女の目に男の姿、容貌が《さらにも言はず》と、まぶしいばかりに映る。男は都を出てから勤行に励み、修業の日々を重ねてきたのでひどく面やつれをしているのだが、《言ふかたなくめでたき御ありさまにて》と、それがかえって凜とした気品を添え、この上なく美しい有様に見えて女を魅了する。《心苦しげなるけしきにうち涙ぐみつつ、あはれ深く契りたまへるは》――男は一人取り残される女の心情を思うと、女がただかわいそうで、痛々しいまでに涙ぐみつつ心を込めて将来を約束する。今、男にはその約束に真情を込めるしか慰めの手立てはない。源氏の、女を思う真摯な気持ちは女にそのまま伝わる。

女は《ただかばかりを幸ひにても、などか止まざらむとまでぞ見ゆめれど》――この美しい人とならばただ逢瀬を持てたことだけでも充分幸せなのかもしれない。逢瀬は今日で最後と思って将来のことはあきらめようとまで思う。それにしても源氏の《めでたきにしも》――余りの素晴らしさは自身の身の程をあぶり出し、埋めようもない隔たりを突き付け女を悲しみの淵に追い込む。しかし、自身の身の程にこだわるほどすべてにおいて最高のものを身に付けている男の魅力には何としても抗しきれないのだった。

耳をすませば遙かに聞こえる《波の声》も《秋の風にはなほ響き異なり》――秋風の音に響き合うと、秋の趣深さは格別に心に沁みる。空には《*①塩焼く煙かすかにたなびきて》――浜で塩を焼く時の煙がかすかに棚引いている。耳にも目にも入るこれらの光景は、《とりあつめたる所のさまなり》と、この地でなければ味わうことができないもの悲しい秋の風情である。

源氏は別れを前に《このたびは立ち別るとも藻塩焼く煙は同じかたになびかむ》――今は別れ別れになるがいずれ都へ迎えるつもりだと詠んで、「同じかたになびかむ」気持ちを強調する。「たび」は「度」と「旅」をかける。「立ち」は煙の縁語。

女はすかさず《かきつめて海士のたく藻の思ひにも今はかひなきうらみだにせじ》と詠ん

で返す。海士が藻をかき集めて塩を焚く火のように思いは胸に一杯あるが、今は何を言っても仕方ないゆえ怨みは口にすまいと言う。源氏の歌に寄り添おうと技巧を凝らし、型に収めながらも切ない胸の思いは自ずと滲む。「藻の思ひ」に「もの思ひ」を、「思ひ」に「火」を、「かひなき」に「貝なき」を、「うらみ」に「浦見」をそれぞれ掛ける。

女は、あまりの悲しみに心乱れ胸が詰まってものも言えない状態にありながら、《さるべき節の御答へなど浅からず聞こゆ》と、自分が返歌をしなければならない場にあることを察すれば、心を込めて歌を返す人である。

＊①当時海水をかけた海藻を日に乾かし、これを焼いて水に溶かし、煮つめて塩を製した。

この常にゆかしがりたまふものの音《ね》など、さらに聞かせたてまつらざりつるを、いみじう恨みたまふ。「さらば、形見にもしのぶばかりの一《ひと》ことをだに」とのたまひて、京より持《も》ておはしたり琴《きん》の御琴《こと》取りにつかはして、心ことなる調べをほのかにかき鳴らしたまへる、深き夜《よ》の澄めるは、たとへむかたなし。入道、え堪《た》へで、箏《さう》の琴《こと》取りてさし入れたり。みづからも、いとど涙さへそそのかされて、とどむべきかたなきに誘《さそ》はるるなるべし、忍びやかに調べたるほどいと上衆《じやうず》めきたり。入道の宮の御琴《こと》の音《ね》を、ただ今のまたなきものに思ひきこえたるは、今めかしうあなめでたと、聞く人の心ゆきて、容貌《かたち》さへ思ひやらるることは、げにいと限りなき御琴の音《ね》なり、これはあくまで弾き澄まし、心にくくねたき音《ね》ぞまされる。この御心にだに、はじめてあはれになつかしう、まだ耳なれたまはぬ手など、心やましきほどに弾《ひ》きさしつつ、飽《あ》かずおぼさるるにも、月ごろ、など強ひても聞きならさざりつらむと、くやしうおぼさる。心の限り行《ゆ》く先の契りをのみしたまふ。「琴《きん》はまた掻き合はするまでの形見に」とのたまふ。女、

なほざりに頼め置くめる一ことを
　尽きせぬ音《ね》にやかけてしのばむ

言ふともなき口ずさびを恨みたまひて、

逢ふまでのかたみに契る中の緒《を》の
　調べはことに変らざらなむ

この音違《ねたが》はぬさきにかならずあひ見むと頼めたまふめり。されどただ別れむほどのわりなさを思ひ咽《む》せたるも、いとことわりなり。

琴については《この常にゆかしがりたまふものの音など、さらに聞かせたてまつらざりつるを》と、女にいくら聞かせてほしいと頼んでも、女は頑として承諾せず楽器に触れようともしなかったのが心残りである。源氏はそれならば自分の方からと思い、《「さらば、形見にもしのぶばかりの一ことをだに」》——あなたの形見として思い出すように一弾きだけでもと言って、京から持参した琴《きん》の御琴を取りにやる。そして女を前に琴を弾く。《心ことなる調べをほのかにかき鳴らしたまへる》源氏の琴は、夜更けの空気に染み渡り、たとえようもなく澄んだ音色を奏でる。

その音は部屋の外に控えていた入道の耳にも届き、《え堪へで、箏の琴取りてさし入れたり》と、入道はたまらなくなって思わず娘の箏の琴を取ると、そっと御簾の内に差し入れてやる。女は父が察したとおり《みづからも、いとど涙さへそそのかされて、とどむべきかたなきに誘はるるなるべし》と、源氏の琴の美しい音色に感じて心も震え、我知らず涙ぐむ。涙は止めどなく溢れ、源氏の前では弾くまいと決めていた気持ちも緩み、娘は吸い寄せられるように琴に向かったのであろう。「そそのかす」は催すの他に勧めるの意がある。女は《忍びやかに調べたるほどいと上衆めきたり》と、音を低く取ってひっそりと奏ではじめたが、奏でるほどにまことに気品ある弾きぶりである。

源氏は入道の宮の琴の音を《ただ今のまたなきものに思ひきこえたるは》と、当代随一と思っている。宮の音色は《今めかしうあなめでた》と、華やかでひたすら美しく、聞く者の心を満たしてくれる。《容貌さへ思ひやらるることは、げにいと限りなき御琴の音なり》としみじみと心に迫り、弾き手の姿かたちまで浮かんでくる。これ以上の音色の持ち主はいない。

女の音色は《これはあくまで弾き澄まし、心にくくねたき音ぞまされる》と、どこまでも冴えきって一音一音が洗練されており、技法の巧みさには舌を巻くほどである。源氏のように音楽に堪能な人の耳にも《はじめてあはれになつかしう》と、初めて耳にしたような感じでしみじみと心惹かれるのに、《まだ耳なれたまはぬ手など、心やましきほどに弾きさしつつ》と、こちらがまだ耳慣れないうちに途中で止めてしまうのはもの足りず、《飽かずおぼさるるにも》と、もっと聞いていたいと心残りでならない。それにしても《など強ひても聞きならさざりつらむと、くやしうおぼさる》――日頃からどうして無理を言ってでも聞いておかなかったのだろうと、悔やんでも悔やみきれない。

源氏はふたたび《心の限り行く先の契りをのみしたまふ》と、再会を誓う約束のことばを誠心誠意伝えるばかりである。この気持ちの証にと思い《「琴はまた掻き合はするまでの形見に」》と言って、琴をこの場に置いておこうとする。

すると女の口から《なほざりに頼め置くめる一ことを尽きせぬ音にやかけてしのばむ》という歌が突いて出る。源氏のことばに返歌で応えたのである。女は男のことばを否定して返すのが恋歌の定型である。定型どおり、琴を残して行くから信じてほしいなどと、いい加減なことばでこちらはいつまでも泣かされていると男の誓いを受け入れない。女は田舎住まいながら都風の男女の定型を教養として深く身に付けている。「一こと」は、「一言」と「一琴」をかけ、「音」は琴の縁語で「音になく」――声を出して泣く意を掛ける。

女の《言ふともなき口ずさび》のさりげない言い方が効を奏し源氏の心をかきたてる。源氏は《逢ふまでのかたみに契る中の緒[*②]の調べはことに変らざらなむ》と詠んで、再度気持ちは変わらないことを約束することになる。「かたみ」は「形見」と互いにを、「ことに」は「琴に」と「殊に」を掛ける。

男は《この音違はぬさきにかならずあひ見む》と強い意志を示して再会を誓う。その様子を語り手は《頼めたまふめり》と伝える。「頼める」はあてにさせる。男は自分を信じて待っていて欲しい、期待は裏切らないからと思いを眼差しに込めて女を見つめる。日頃は理性で自分を抑える女も《ただ別れむほどのわりなさを思ひ咽せたるも》と、ただ思い乱れてむせび泣くばかりだった。「わりなさ」はどうにも耐え難くつらい。それは当然のことだろうと語り手は一言添える。

＊②「中の緒」には諸説あって明らかでないが、箏の琴の第六から十までの弦をさすとも、太緒、中緒、細緒という区別がある内の中緒のこととも言う。いづれにしてもこのことばは特別な男女の思いを込めて使われることが多い。

立ちたまふ暁は、夜深く出でたまひて、御迎への人々も騒がしければ、心も空《そら》なれど、人間《ひとま》をはからひて、

うち捨てて立つも悲しき浦波の
　なごりいかにと思ひやるかな

御返り、

年経《へ》つる苫屋《とまや》も荒れて憂《う》き波の
　帰るかたにや身をたぐへまし

と、うち思ひけるままなるを見たまふに、忍びたまへど、ほろほろとこぼれぬ。心知らぬ人々は、なほかかる御住《すま》ひなれど、年ごろといふばかり馴れたまへるを、今はとおぼすはさもあることぞかし、など見たてまつる。良清などは、おろかならずおぼすなめりかしと、憎くぞ思ふ。うれしきにも、げに今日を限りにこの渚《なぎさ》を別るること、などあはれがりて、口々しほたれ言ひあへることどもあめり。されど、何かはとてなむ。

いよいよ《立ちたまふ暁》を迎える。その日源氏一行は暗いうちに出立する。供人たちは無論のこと、京から迎えに来ている人々も源氏がこの地を離れるのは今日とあって、忘れ物はないか、言い置くことはないかなど瑣事些末なことを思い付いては動き回る者もいて、あたりはざわざわと落ち着かない。だが、源氏は女のことで頭が一杯である。《心も空なれど》と、何も考えられずぼんやりとしている。

せいぜい人目のない折りを見はからって歌を届けさせることしか浮かばない。それは《うち捨てて立つも悲しき浦波のなごりいかにと思ひやるかな》とあって、今日ここを去る男が、一人取り残される女のやるせない気持ちを思い遣って詠まれた歌である。追って岡辺の家から返事が来る。《年経つる苫屋も荒れて憂き波の帰るかたにや身をたぐへまし》とあった。「苫屋」は海辺の粗末な家。「たぐふ」は一緒に行く。源氏が去った後は荒れた家に住むのもつらいから、いっそ後を追って身を投げてしまいたいと、たぎる思いをぶつけたのだった。

普段思慮深く理性的に振る舞う女の《うち思ひけるままなるを》――取り乱し様を見る思いがして、源氏は堪えきれず思わず《ほろほろとこぼれぬ》と、涙する様を皆に見せてしまう。源氏の頬を伝わる涙を、《心知らぬ》供人や迎えの者たちは《なほかかる御住ひなれど、年ごろといふばかり馴れたまへるを、今はとおぼすはさもあることぞかし》と納得する。こんな田舎住まいだけれど何年と住み馴れた所なので、もう二度と来ることはあるまいと思えば涙も出てしまうのであろうというわけである。

しかし、事情を知る良清などは《おろかならずおぼすなめりかし》と、主人は相当に惚れ込んでいるようだと思うと、《憎くぞ思ふ》と何だかいまいましくてならないのだった。

供人たちは待ち焦がれた都へ帰る日が巡ってきたのは何よりうれしいが、いざとなると《今日を限りにこの渚を別るること》と、この地を踏むのも今日が最後と思うと別れはつらい。《あはれがりて》と、さまざまな感慨が込み上げて胸を浸す。《しほたれ言ひあへることどもあめり。されど、何かはとてなむ》――皆涙しながら口々に別れの悲しさを歌に詠み合ったようだが、書き留めるには及ばないので省略する。

残されし入道一家

入道、今日の御まうけ、いといかめしうつかうまつれり。人々、下《しも》の品《しな》まで、旅の装束《さうぞく》めづらしきさまなり。いつの間《ま》にかしあへけむと見えたり。御よそひは言ふべくもあらず。御衣櫃《みそびつ》あまたかけさぶらはす。まことの都の土産《つと》にしつべき御贈り物ども、ゆゑづきて思ひ寄らぬ隈《くま》なし。今たてまつるべき狩《かり》の御装束《さうぞく》に、

寄る波に立ちかさねたる旅衣《たびごろも》

しほどけしとや人のいとはむ

とあるを御覧じつけて、騒がしけれど、

かたみにぞ換《か》ふべかりける逢ふことの

日数隔《へだ》てむ中の衣《ころも》を

とて、心ざしあるをとて、たてまつり換ふ。御身になれたるどもをつかはす。げに今一重《ひとへ》しのばれたまふべきことを添ふる形見なめり。えならぬ御衣《ぞ》に匂ひの移りたるを、いかが人の心にもしめざらむ。入道、「今はと世を離れにし身なれども、今日の御送りにつかうまつらぬこと」など申して、かひをつくるもいとほしながら、若き人は笑ひぬべし。

ところで源氏の出立に当たって、入道は何をしていたのだろうか。実はこの間、入道は密

かに《今日の御まうけ、いといかめしうつかうまつれり》と、迎えの者たちも含めて大がかりになった源氏一行の旅装束を整えるために奔走していたのである。「まうけ」は準備、用意。「いかめしう」は立派、盛大である。

入道が用意した衣装を全員がまとって並ぶ様は、まことに壮観であり華やかな一幅の絵図のようで、見送りに駆けつけた者たちを驚嘆させる。入道は《人々、下の品まで、旅の装束めづらしきさまなり》と、迎えの者たちや供人たちの、位のある者から低い者すべてを含めた全員分の衣装を新しく整えた。しかもそれは、供人たちもあまり目にしたことがないような上等な衣服だった。「めづらし」は、見慣れず新鮮で心惹かれる。入道は《いつの間にかしあへけむ》――こんな立派な衣装をいつの間に仕上げておいたのだろうかと、その手腕には語り手も舌を巻く。源氏のために用意した衣装の素晴らしさは言うまでもない。

その他にも《御衣櫃あまたかけさぶらはす》と、源氏の着る衣装が詰まった櫃《ひつ》を幾つも用意し、入道家の従者たちに担わせて、源氏一行の供に加わらせた。「櫃」とはふたのついた大型の箱《まことの都の土産にしつべき御贈り物ども》――れっきとした都への土産にふさわしい数々の贈り物は《ゆゑづきて思ひ寄らぬ隈なし》と、一つひとつが洗練されていて、隅々まで神経の行き届いたものばかりであった。

これから旅路に就く源氏は《今たてまつるべき狩の御装束に》と、狩衣をまとう。狩衣は女君が縫ったものだったが、よく見ると源氏へ宛てた手紙が添えられているのに気付く。《寄る波に立ちかさねたる旅衣しほどけしとや人のいとはむ》とあり、心を込めて縫った狩衣は波の寄る明石で作ったから潮や涙で濡れているが、嫌がらないで着て欲しいと、親密な夫婦の情愛が直に伝わる歌だった。「しほどく」は、ぐっしょり濡れる。

源氏は出発直前の、誰しもが浮き足だつ慌ただしさのさ中で周囲を気にしながらも、胸の鼓動が高鳴り冷静ではいられなくなる。女君の示す熱い思いに応えたいと思い、《かたみにぞ換ふべかりける逢ふことの日数隔てむ中の衣を》と即座に歌を返す。再会までに何日も経ってしまうから形見に贈り物の衣と自分の衣を取り替えよう、という歌のことばどおり《心ざしあるをとて》——女が気持ちを籠めて作ったものだからと言って、女君の縫った狩衣に着替える。そして《御身になれたるどもをつかはす》と、これまで身に付けていた装束を女に贈る。

語り手が《げに今一重しのばれたまふべきことを添ふる形見なめり》——これこそ女が一層思慕を募らせる形見の品になるに違いないと、源氏のぬくもりが残る着物を贈られた女の気持ちを想像する。「一重」はひたすらの意に、衣を一枚の意を含ませる。《えならぬ御衣に匂ひの移りたるを、いかが人の心にもしめざらむ》と、源氏の着物に焚き染められたかぐわしい香りはどんなにか女の心を掻き立て、どんなにか女の心深く沁み込んでいっただろうか。

入道は入道で《「今はと世を離れにし身なれども、今日の御送りにつかうまつらぬこと」》などとぶつぶつ言ってはこぼしている。自分は俗世を捨てた出家の身だから、みんなと同じように源氏を見送ることが出来ないのが残念でたまらないと、そのことばかりで頭が一杯のようである。しまいには《かひをつくるも》と、口を曲げて今にも泣きそうな顔をするので、語り手が入道には気の毒だが、《若き人は笑ひぬべし》——若い人が見たら吹き出してしまうだろうと、醜態をさらす入道に苦言を呈す。

「世をうみにここらしほじむ身となりて
　なほこの岸をえこそ離れね
心の闇はいとどまどひぬべくはべれば、境《さかひ》までだに」と聞こえて、「すきずきしきさまなれど、おぼし出でさせたまふをりはべらば」など、御けしき賜はる。いみじうものをあはれとおぼして、所々《ところどころ》うち赤みたまへる御まみのわたりなど、言はむかたなく見えたまふ。「思ひ捨てがたき筋もあめれば、今、いととく見なほしたまひてむ。ただこの住処《すみか》こそ見捨てがたけれ。いかがすべき」とて、
　都出でし春の嘆きに劣らめや
　　年経《ふ》る浦を別れぬる秋
とて、おしのごひたまへるに、いとどものおぼえず、しほたれまさる。立ちゐもあさましうよろぼふ。

そんな別れの悲しみの中で入道は、《「世をうみにここらしほじむ身となりてなほこの岸をえこそ離れね心の闇はいとどまどひぬべくはべれば、境までだに》と、今の心境を率直に詠んで源氏に伝える。これまで都を嫌い長い間このような田舎の海辺で暮らして、潮風もすっかり身に染み込んでしまったのに、いまだにここを離れられず煩悩に苦しんでいる、子ゆえ*①の闇に迷いそうで国境《くにざかい》までとても行けそうにないと言う。「うみに」は「海」「憂み」を掛け、「しほじむ」（潮染む）「岸」は縁語。「この岸」は、「彼岸」に対する「此岸《しがん》」（迷いの世）の意で「こ」に「子」を含ませる。

その上で《「すきずきさまなれど、おぼし出でさせたまふをりはべらば」》などと恐る恐る口にする。《御けしき賜はる》ということばが、都へ立つ前に源氏の意向を確認したいと必死で願う入道の様子を伝える。自分は出家の身でありながら男女のことに口を出すのもどうかと思われるが、娘を思い出す折りがあったら、どうか都へ迎えてやってほしいと言いたいのである。入道のこだわりを示す「すきずきしきさまなれど」ということばに、煩悩丸出しの親心が溢れている。

源氏は《いみじうものをあはれとおぼして》と、入道の痛切な親心にいたく感じ入って、目頭が熱くなる。《所々うち赤みたまへる御まみのわたりなど、言はむかたなく見えたまふ》と、所々赤味がさしている目元のあたりがこの上なく美しく見える。

そして入道には《「思ひ捨てがたき筋もあめれば、今、いととく見なほしたまひてむ》ときっぱりと約束し安堵させる。懐妊のこともあるので早急に京へ迎えるつもりだ、入道はすぐに自分の気持ちを解かってくれるだろうと意向を伝える。娘のことはさておき源氏もさまざま別れがつらい。自分は《ただこの住処こそ見捨てがたけれ。いかがすべき」》――住み馴れたこの明石の地を見捨てて行くのがどんなにつらいか、どうすればいいのだなどと言って入道に思いをぶつけてみたりする。源氏は今の気持ちを春秋に配した歌に巧みにまとめ、はなむけとする。

*②《都出でし春の嘆きに劣らめや年経る浦を別れぬる秋》――春遅く都を出た時の悲しみに決して劣らない、何年も過ごした明石の浦を秋去る悲しみは、などと詠みながらも、溢れる涙を《おしのごひたまへるに》、なお湧き起こる悲しみを堪えて茫然とするばかりだった。「おしのごふ」は押すように力を入れて拭く。

源氏のそんな姿を目にした入道は《いとどものおぼえず、しほたれまさる》と、もう何が何だか分からなくなってただ号泣するばかりだった。「しほたる」（潮垂る）は涙で袖からしずくが垂れるほど泣くさま。《立ちゐもあさましうよろぼふ》と立ち居もままならない様子に見えたが、危なっかしい足どりでよろよろしながら家路を辿る。こうして源氏一行は入道一家の元を発って行ったのである。

*①「人の親の心は闇にあらねども子を思ふ道にまどひぬるかな」（『後撰集』藤原兼輔）

＊②京を出たのは一昨年の「三月二十日あまり」（既出拙著『須磨』１２ページ）

正身《さうじみ》のここち、たとふべきかたなくて、かうしも人に見えじと思ひしづむれど、身の憂《う》きをもとにて、わりなきことなれど、うち捨てたまへる恨みのやるかたなきに、おもかげ添ひて忘れがたきに、たけきこととはただ涙に沈めり。母君もなぐさめわびて、「何にかく心尽くしなることを思ひそめけむ。すべて、ひがひがしき人に従ひける心のおこたりぞ」と言ふ。「あなかまや。おぼし捨つまじきこともものしたまふめれば、さりともおぼすところあらむ。思ひなぐさめて、御湯などをだに参れ。あなゆゆしや」とて、片隅《かたすみ》に寄りゐたり。乳母《めのと》、母君など、ひがめる心を言ひ合はせつつ、「いつしか、いかで思ふさまにて見たてまつらむと、年月を頼み過ぐし、今や思ひかなふとこそ頼みきこえつれ、心苦しきことをも、もののはじめに見るかな」と嘆くを見るにも、いとほしければ、いとどほけられて、昼は日一日《ひひとひ》寝《ね》をのみ寝暮らし、夜《よる》はすくよかに起きゐて、数珠《ずず》の行方《ゆくへ》も知らずなりにけりとて、手をおしすりて仰ぎゐたり。弟子どもにあばめられて、月夜に出でて行道《ぎやうだう》するものは、遣水《やりみず》に倒れ入りにけり。

よしある岩の片そばに腰もつきそこなひて、病み臥したるほどになむ、すこしものまぎれける。

源氏の子を身籠もりながら後に取り残された女君は《正身のここち、たとふべきかたなくて、かうしも人に見えじと思ひしづむれど》と、気持ちも萎えてやり場のない悲しみに打ちひしがれていたが、こんな取り乱した姿を人に見られたくないと思い、懸命に気を静めようとしていた。

《身の憂きをもとにて、わりなきことなれど》と、こんな目に合うのも元はと言えばわが身の不運なのがすべての原因なのだから、どうにもならないことだがと思う。しかし《うち捨てたまへる恨みのやるかたなきに、おもかげ添ひて忘れがたきに》自分を置き去りにして都へ帰ってしまった人へ言いたいことは胸一杯あるのに、肝心のその人はもうどこにもいない。面影ばかりが目に焼き付いて離れない。だが面影は空しくて悲しみがひたと押し寄せる。女君は堪え切れず《たけきこととはただ涙に沈めり》と、人目かまわずただ泣き崩れるのだった。「たけし」はこれが精一杯なし得ること。

母君はそんな女君に手を焼く。《なぐさめわびて》と慰めのことばが思い付かず、どうしてあげることもできない。結局《「何にかく心尽くしなることを思ひそめけむ。すべて、ひがひがしき人に従ひける心のおこたりぞ」》と、愚痴って夫に当たるしかない。母君はどうしてこんなに気の揉める結婚を思い付いたのだろうと、源氏と結ばれることには不本意だったことを思い出す。それなのに自分が強く反対もしないで偏屈者の主人の言うことに従ってしまったのが間違いだったと、今更のように悔やまれてならないのだった。

それを聞くと入道は《あなかまや》――うるさいと言って母君を制する。母君には目先のことにとらわれないで源氏という人を信じてほしい。《おぼし捨つまじきこともものしたまふめれば、さりともおぼすところあらむ》と、源氏は娘の処遇について懐妊のこともあるようだし、きっと先のことを何か考えているに違いない、見捨てるはずはないといつの間にか代弁をしている。それでも母君には優しく気を遣って、気が立っているから気持ちを落ち着かせなくてはと、入道は《思ひなぐさめて、御湯などをだに参れ。あなゆゆしや》――気を取り直して薬湯でも召しあがれと勧め、源氏がこのまま見捨てるなどと縁起でもないと言う。

そして《片隅に寄りゐたり》と、入道は隅の方に引っ込んでじっと考え込んでいる。妻の前では強弁を振るったものの、本当のところは自信が持てない。それなのに《乳母、母君など、ひがめる心を言ひ合はせつつ》と、母君に加勢して乳母まで一緒になって、その偏屈ぶりを非難し、へたりこんで口を閉ざしてしまった入道に追い打ちをかける。

母君は《「いつしか、いかで思ふさまにて見たてまつらむと、年月を頼み過ぐし、今や思ひかなふとこそ頼みきこえつれ、心苦しきことをも、もののはじめに見るかな」》と嘆く。娘は一日も早く何としても思う所に嫁がせたいと、長い間それればかりを待ち望んで過ごしてきた。今やっと思いが叶って通う男君をあてにできると思ったのに、結婚早々こんなひどい仕打ちに合うとはと、入道に振り回されて胸にたまっていた不満をこの折りとばかりぶつける。「いつしか」「いかで」ということばに、不本意ながらも夫である入道の夢のことばに巻き込まれ、娘の幸せを願って待ち通した親心が滲む。

入道は母君たちの嘆きが身に応え《いとほしければ》、つらくてたまらない。入道自身も源氏が本当に約束を守ってくれるかどうかの確証が持てない。源氏は都へ去り、もうどこにもいないという空虚感が胸を締め付ける。源氏を信じる入道の気持ちが母君たちに引っ張られて揺らぐ。わけが分からなくなって一層ぼんやりとしたまま過ごす。

そのうちに《いとどほけられて、昼は日一日寝をのみ寝くらし、夜はすくよかに起きゐて、数珠の行方も知らずなりにけりとて、手をおしすりて仰ぎゐたり》と、日常生活のたがもはずれてしまう。昼間は一日中寝てばかりで、夜になるとすっくと起き上がり、何はともあれ勤行をと、数珠を探すが、どこにも見当たらないと言ってただ手を摺り合わせて本尊を仰ぐのだ。あんなに仏道修行に勤しんでいた入道のきびしい面差しは消えてしまった。

それでも弟子たちに《あばめられて》一念発起し、月夜に外に出て《行道する》までは良かったが、《遣水に倒れ入りにけり》と庭に引き入れられた流れ水の中に倒れ込んでしまう。「あはむ」は軽蔑する。「行道する」は、僧が読経しながら一定の所をめぐり歩くこと。

その時入道は、《よしある岩の片そばに腰もつきそこなひて、病み臥したるほどになむ、すこしものまぎれける》と、庭に風格を添えていた趣ある石の、ちょっと突き出た部分に不覚にも腰をぶつけて怪我をし寝込んでしまうことになって、その間は腰の痛みに悲しみを紛らわすことができたのだった。

帰り咲き

君は、難波《なには》のかたにわたりて御祓《はら》へしたまひて、住吉にも、たひらかにていろいろの願《ぐわん》果たし申すべきよし、御使して申させたまふ。にはかに所狭《せ》うて、みづからはこのたびえまうでたまはず、ことなる御逍遙《せうえう》などなくて、急ぎ入りたまひぬ。

二条の院におはしましつきて、都の人も、御供の人も、夢のここちして行《ゆ》き合ひ、よろこび泣きもゆゆしきまで立ち騒ぎたり。女君も、かひなきものにおぼし捨てつる命、うれしうおぼさるらむかし。いとうつくげに、ねびととのほりて、御もの思ひのほどに、所狭《せ》かりし御髪《ぐし》のすこしへがれたるしも、いみじうめでたきを、今はかくて見るべきぞかしと、御心落ちゐるにつけては、また、かの飽かず別れし人の思へりしさま、心苦しうおぼしやらる。なほ世とともに、かかるかたにて御心の暇《いとま》ぞなきや。その人のことどもなど聞こえ出でたまへり。おぼし出でたる御けしき浅からず見ゆるを、ただならずや見たてまつりたまふらむ、わざとならず、「身をば思はず」など、ほのめかしたまふぞ、をかしうらうたく思ひきこえたまふ。かつ見るにだに飽かぬ御さまを、いかで隔《へだ》てつる年月ぞと、あさましきまで思ほすに、とりかへし、世の中もいとうらめしうなむ。

源氏一行は明石から難波に出ると、祓*①所に立ち寄って《御祓へ》をすませる。住吉神社にも立ち寄るべきところだが、《たひらかにていろいろの願果たし申すべきよし》と、無事に帰還が叶いさまざまの願ほどきに、後日改めて参詣に来る由を、住吉神社には報告するよう使者に託す。京からの出迎えの人々が急に増え、《にはかに所狭うて》と、身辺もごたごたとしてきて落ち着けないので、源氏自身はこの度の参詣を見合わせる。それればかりか《ことなる御逍遙などなくて》と、どこかの名所旧跡に寄り道を楽しんだりなど一切せず、ひたすら先を急いで都に入った。

やがて一行は二条の院に到着する。《都の人も、御供の人も、夢のここちして行き合ひ》と、源氏たちの帰還を一日千秋の思いで待ち侘びていた邸の人々も、旅疲れのにじむ供人たちも夢心地のうちに再会を喜び合う。《よろこび泣きもゆゆしきまで立ち騒ぎたり》と、双方から漏れるうれし泣きのすすり上げる声が次第に大きくなり、邸中のすべての人々が歓喜の渦に包まれ嬌声やら叫び声やら交じって大騒ぎとなった。

女君の喜びはひときわ大きい。[*②]《かひなきものにおぼし捨てつる命、うれしうおぼさるらむかし》と、語り手は女君の気持ちに寄り添う。源氏のいない暮らしなど何の意味もないと絶望に陥りながらも何とか持ちこたえて、再会できた喜びはいかばかりであろうか。

足かけ三年ぶりに再会する女君の《いとうつくげに、ねびととのほりて》匂い立つような美しさは目を見張るほどであった。「ねびととのふ」は、十分に成長して容姿が整うこと。《御もの思ひのほどに、所狭かりし御髪のすこしへがれたるしも、いみじうめでたきを》と、留守中の心労のためか、以前はうるさいほど多かった髪が少し減っていたが、かえってちょうどよい量になって、姿形の整った美しさを際立たせている。「へぐ」（削ぐ）は量を減らして薄手にすること。

源氏は女君がこんなにも美しくなって自分の目の前に居てくれることがうれしくてならない。《今はかくて見るべきぞかしと、御心落ちゐるにつけては》と、これからはこの人と一緒に暮らせるのだと思うと気持ちがほっと安らぐのを感じる。だが、源氏という人は心からくつろげる場所にいても他に気にかかる人がいれば、安穏として落ち着いてはいられない。

つい先だって《また、かの飽かず別れし人の思へりしさま、心苦しうおぼしやらる》と、心残りのまま別れてきた人の嘆き悲しむ様が吐息と共に痛々しく心に浮かぶ。語り手が《なほ世とともに、かかるかたにて御心の暇ぞなきや*③》と、源氏はどんな時でも恋のことでは心休まる時などない人なのだと、今更ながらそのまめ男ぶりを思い知らされる。

しかもこともあろうに心に浮かぶ《その人のことどもなど》をつい女君に語ってしまう。その人のことは女君には手紙をとおして知らされていたことだったが、源氏のその人を語る表情から《浅からず見ゆるを》と、源氏がかなり心奪われているのを見て取る。女が無聊を慰めてくれる「かりそめの女」の類ではないことを知れば女君も心が波立つ。

が、表向きはさりげない様子で、《「身をば思はず」》の歌で返す。「身をば思はず」は「忘らるる身をば思はず誓ひてし人の命の惜しくもあるかな」(『拾遺集』右近)の一部。忘れられたわが身のことより、神に愛を誓った人が約束を破って罰を受けないかと心配だといった意で、穏やかに包み込みながらも夫の浮気はちくりと咎めずにはいられない女君の本気を見せる。

源氏は女君の《ほのめかしたまふ》非難を受け止める。臨機応変に洒落た対話もできて、妻としての貫禄と力量を身に付けていながら、何ともかわいらしく魅力に溢れた女であることに満足する。《かつ見るだに飽かぬ御さまを、いかで隔てつる年月ぞと、あさましきまで思ほすに》――またこうして目の前で見ていてさへ見飽きることがない愛らしく美しい人とどうして長い間逢わないでいられたのか、我ながらあきれて信じられないほどだ。《とりかへし、世の中もいとうらめしうなむ》と、源氏は今更ながらあの時のいきさつやら世間の仕打ちやらを無念な気持ちで振り返るのだった。「とりかえし」は元に戻して。

＊①難波は古くから祓えの場所として有名だった。「祓え」は神に祈って災いや罪を取り除くこと。

＊②源氏と別れる時、二条の女君は「惜しからぬ命にかへて目の前の別れをしばしとどめてしがな」（既出拙著『須磨』75ページ）と詠んだ。

＊③女の人のことをまめに気に掛けて風流を愛する男を言う。

ほどもなく、もとの御位《くらゐ》あらたまりて、数よりほかの権大納言《ごんだいなごん》になりたまふ。つぎつぎの人も、さるべき限りはもとの官《つかさ》返し賜り世にゆるさるるほど、枯れたりし木の春にあへるここちして、いとめでたげなり。

召しありて、内裏《うち》に参りたまふ。御前《おまへ》にさぶらひたまふに、ねびまさりて、いかで、さるものむつかしき住《すま》ひに年経《へ》たまひつらむと見たてまつる。女房などの、院の御時よりさぶらひて、老いしらへるどもは、悲しくて、今さらに泣き騒ぎめできこゆ。上《うへ》もはづかしうさへおぼしめされて、御よそひなど、ことに引きつくろひて出でおはします。御ここち例ならで、日ごろ経《へ》させたまひければ、いたうおとろへさせたまへるを、昨日今日ぞ、すこしよろしうおぼされける。御物語しめやかにありて、夜《よ》に入りぬ。十五夜の月おもしろう静かなるに、昔のこと、かきくづしおぼし出でられて、しほたれさせたまふ。もの心細くおぼさるるなるべし。「遊びなどもせず、昔聞きしもの音《ね》なども聞かで、久しうなりにけるかな」とのたまはするに、

わたつ海《うみ》にしなえうらぶれ蛭《ひる》の児《こ》の
脚《あし》立たざりし年は経《へ》にけり

と聞こえたまへば、いとあはれに心はづかしうおぼされて、

宮柱《みやばしら》めぐりあひける時しあれば
別れし春のうらみ残すな

いとなまめかしき御ありさまなり。

間もなく源氏は《もとの御位あらたまりて》右大将から昇進して、定員外の権大納言*④となった。付き従った供人たちも次々に理不尽に奪われた官位を返してもらう。こうして源氏た

ちが世間に返り咲くのを許される様は《枯れたりし木の春にあへるここちして、いとめでたげなり》と、もの皆息を吹き返す春が来たように、みなで春に会えたことを喜び合っているのはまことに称賛すべきことに見える。

源氏は帝に呼ばれて久々に参内する。御前に控える源氏の姿は《ねびまさりて》と女房たちの目に映る。一回り大人になってまた一段と美しく整い立派になったと胸をときめかす。女房たちは《いかで、さるものむつかしき住ひに年経たまひつらむ》と、都を離れた暮らしがどんなふうだったのか思いを馳せようとするが、美しい源氏と「ものむつかしき住ひ」とは到底結び付かない。そんなところに何年も堪えてきた源氏を驚異の目で見るばかりである。「ものむつかし」は薄気味の悪い。

女房たちの中で、帰還を伝え聞いて誰よりも会いたがっていたのは、桐壺院の時から仕えてきた古女房たちである。会う前から《老ひしらへるどもは、悲しくて》目頭を押さえながらやってくる。源氏を見ると《今さらに泣き騒ぎめできこゆ》と、前以上に美しい姿なので再びの涙のうちに狂喜乱舞する。「老いしらふ」は、見るからに老いほうけてわずかに昔の記憶があるような様子である。

帝は《はづかしうさへおぼしめされて》と、源氏と顔を合わせるのは何だかばつが悪い。帝の胸には会いたいが会いたくないという屈折した思いがある。故院の遺言を無に帰してしまったわが身の至らなさを思うと気が引けてしまうが、せめて見映えなりと立派にしなくてはと、《御よそひなど、ことに引きつくろひて》源氏の前へ姿を見せ対面が実現した。「ひきつくろふ」は身なりをきちんと整える。

帝は《御ここち例ならで、日ごろ経させたまひければ、いたうおとろへさせたまへるを昨日今日ぞ、すこしよろしうおぼされける》——体調を崩したまま何日も過ごして体もすっかり衰弱してしまったが、昨日今日は少し持ち直して気分も良いというので対面が実現したのである。二人はしんみりと語り合ううちに夜を迎える。

ちょうど八月十五夜の月が皓々と輝いて、明るく照らす静かな夜であった。源氏を前にすれば昔のことが《かきくづしおぼし出でられて、しほたれさせたまふ》と、次から次へと頭をよぎり、涙にくれる。語り手がそんな気弱なところをさらけ出す帝を《もの心細くおぼさるるなるべし》と、退位を考えているからではないかと見る。「もの心細し」は自らの運命に重大な事態が起こりそうな時に感じる先行き不安な心細さを表す。

続けて帝は《「遊びなどもせず、昔聞きしものの音なども聞かで、久しうなりにけるかな」》と語る。源氏がいなくなってから皆で合奏する《遊び》の華やかな楽の音も消え、その道の名手の妙なる楽の音さえ耳にしなくなって、長い時が経ってしまったと述懐するのだ。宮中は活力を失い沈滞するばかりで、帝は自身の病も相俟って帝であることに嫌気がさしてしまったのであろうか。

しかし、源氏は帝の感傷的な気分には乗らない。《わたつ海にしなえうらぶれ蛭の児の脚立たざりし年は経にけり》と、流謫《るたく》時の偽らざる気持ちを詠んで帝に迫る。「しなえうらぶる」は心しおれて悲しみに沈む。「わたつ海」は海。「蛭の子の脚立たざりし」は、イザナギ、イザナミの二神が蛭子を生んだが三年経っても足が立たなかったので、舟に乗せて海に流したという『日本書紀』[*⑤]神代紀の神話による。自分を身動きの取れない蛭の児にたとえて、三年間も不遇な地で精神的苦痛を被ったのだと、自分を流した親神にあたる帝を責める。

帝は《いとあはれに心はづかしう》思いに駆られる。源氏には本当に気の毒な目に合わせてしまった。帝は源氏のような人を、都にいられなくなるまで追い込んだことが決まり悪くていたたまれない。だからこそそれは過去の過ぎ去ったあやまちとして、許してもらわなくてはなるまいと思った帝は、《宮柱めぐりあひける時しあれば別れし春のうらみ残すな》と、返す。

「宮柱」は源氏の歌を受けてイザナギ、イザナミ二神[*⑥]が宮柱を巡り合って国を生んだという神話で、「めぐりあふ」の序詞。こうしてめでたく再会できたことに免じて、三年前の春、都から追いやった時の出来事はもう忘れてほしいと帝は頭を下げる。《蛭の子》をつきつけて厳しく迫った源氏を《宮柱めぐりあひける》と巧みにかわした帝の歌には帝らしい威厳と風格が感じられる。源氏は院の面差しを映して《いとなまめかしき御ありさま》の気品ある優美な姿に兄として改めて親しみの情が湧くのを感じるのだった。

*④令制では大納言の定員は2名。正三位相当。

*⑤「かぞいろ（父母）はあはれと見ずや蛭の児は三歳になりぬ脚立たずして」（『日本紀竟宴《きょうえん》』大江朝綱）による。イザナギ、イザナミの二神が蛭児《ひるこ》を生み、「已《すで》ニ三歳ニナルマデ脚猶《なほ》立タ

ズ　故之ヲ天磐櫲樟船《あまのいはくすぶね》ニ載セテ順風《かぜのまにまに》放チ棄ツ」（『神代紀』）とあるのを詠んだもの。

＊⑥オノコロシマを国の中の柱として二神がそれをめぐった二度目の時に「於是二神《ふたはしらのかみ》却《かえって》テ更ニ相遇《めぐりあいたまひぬ》ス」（『神代紀』上）

院の御ために、八講行はるべきこと、まづいそがせたまふ。春宮《とうぐう》を見たてまつりたまふに、こよなくおよすけさせたまひて、めづらしうおぼしよろこびたるを、限りなくあはれと見たてまつりたまふ。御才《ざえ》もこよなくまさらせたまひて、世をたもたせたまはむに憚《はばか》りあるまじく、かしこく見えさせたまふ。入道の宮にも、御心すこししづめて、御対面《たいめん》のほどにも、あはれなることどもあらむかし。まことや、かの明石には、返る波につけて御文つかはす。ひき隠してこまやかに書きたまふめり。

波のよるよるいかに、

　嘆きつつあかしの浦に朝霧の

　　立つやと人を思ひやるかな

かの帥《そち》の娘の五節《ごせち》、あいなく人知れぬもの思ひさめぬるここちして、まくなぎつくらせてさし置かせけり。

須磨の浦に心を寄せし舟人《ふなびと》の
やがて朽《く》たせる袖を見せばや

手などこよなくまさりにけりと、見おほせたまひてつかはす。

かへりてはかことやせまし寄せたりし
名残《なごり》に袖の干《ひ》がたかりしを

飽かずをかしとおぼしし名残なれば、おどろかせたまひて、いとどおぼし出づれど、このころはさやうの御ふるまひ、さらにつつみたまふめり。花散里などにも、ただ御消息《せうそこ》などばかりにて、おぼつかなく、なかなか怨めしげなり。

まずは故桐壺院を供養するため追善の法華八講の準備を急ぐ。そして春宮に会いに行く。春宮は《こよなくおよすけさせたまひて》と、すっかり大人らしく成長し、はや十歳となっていた。いつも源氏を恋しく思い出していた春宮は、突然の再会を《めづらしうおぼしよろこびたるを》と、驚喜を持って迎える。源氏はそんな春宮が抱きしめたいほど愛しくてならない。幸い《御才もこよなくまさらせたまひて》——優れた学才も間違いなく身に付いており、源氏の目には《世をたもたせたまはむに憚りあるまじく、かしこく見えさせたまふ》と、将来世を治めていくのに何の心配もいらない賢さだと頼もしく映る。入道の宮には少し気持ちも落ち着いてから対面するつもりだが、その時はさぞ《あはれなることどもあらむかし》と、語り手は二人のそれぞれ心深い心情について思いを馳せる。

《まことや》と話題を変えることばで、源氏を送って都まで随行して来た入道家の者たちに《返る波につけて》明石の女君への手紙を託す。それは《ひき隠してこまやかに書きたまふめり》と、二条の女君に見付からないように用心しながら書いたもので細やかな心配りの伺える手紙のようだ。

源氏は《波のよるよるいかに、嘆[*7]きつつあかしの浦に朝霧の立つやと人を思ひやるかな》と、女君を思って詠む。独り寝の毎夜の嘆きが明石の浦の朝霧となって立っているのではないかと案じていると思いを届ける。源氏の眼差しには深い愛情が注がれていて、このまま見捨てられるのではないかという明石の女君の不安を払拭するに足るものだったに違いない。「波のよるよる」の「寄る」に「夜」をかける。「あかし」は「夜を明かし」と「明石の浦」の上下に掛かる。

そして、通りがかりの舟の中から須磨の源氏に恋歌を届けた大弐の娘の五節のその後にも触れる。《あいなく人知れぬもの思ひさめぬるここちして》——もともとどうにかなることでもなかったが、須磨での密かな恋心も、京に戻って皆に騒がれている源氏を見たら、気持ちが冷めてしまった気がして、恋はあきらめたが、この悲しみを分かってほしくて手紙を、《まくなぎつくらせてさし置かせけり》と、誰からと知らせずに源氏の邸に置いて来させた。「まくなぎ」は目配せ。歌は《須磨の浦に心を寄せし舟人のやがて朽たせる袖を見せばや》とあった。須磨の浦で恋に落ちた舟人はそれ以来泣きの涙で過ごし、ぼろぼろになった袖を見せたいものだと、五節なりの洒落た身の引き方を源氏に伝えてきたのである。源氏も悪い気はしない。何より五節の筆跡が格段に上達していることに《こよなくまさりにけり》と感じ入り、手紙の主が五節であることはすぐにわかったので返事をしたためる。

《かへりてはかことやせまし寄せたりし名残に袖の干がたかりしを》――かえってこちらが恨み言を言いたいくらいだ、あの時にくれた手紙を読んでから涙で袖が乾かなかったからと詠んで、わざわざ手紙を届けてくれた五節の気持ちに応える。源氏は五節の思い出に歌の唱和を楽しみたかったに違いない。五節については《飽かずをかし》と、とてもかわいらしくて魅力的な女だと心惹かれた気持ちが残っていたので、思いがけないこの度の手紙で愛しさが一層募りいろいろと思い出すのであった。

しかし、近頃はそうしたちょっとした思い出のある女の所を忘れずに訪ねるといった、まめな振る舞いは《さらにつつみたまふめり》と、すっかり影を潜めてしまったように見えると、語り手は物足りなさそうに告げる。花散里などの所へも顔を出さず、ただ手紙ばかりを届けるので、《おぼつかなく、なかなか怨めしげなり》と、花散里は心許なくてならない。会いたくても会えないのでかえって恨めしい気持ちが募っているようだ。

＊⑦「君が行く海辺の宿に霧立たば吾《あ》が立ち嘆く息と知らませ」（『万葉集』）など、嘆き（嘆息）が霧となって立つという発想による。「朝霧」は「ほのぼのと明石の浦の朝霧に島隠れゆく舟をしぞ思ふ」（『古今集』柿本人麻呂）

〈参考文献〉

「新潮日本古典集成　源氏物語　二」石田穣二・清水好子校注　新潮社　平成四年
「源氏物語評釈　第三巻須磨・関屋」玉上琢弥　角川書店　平成三年
「日本古典文学大系　源氏物語二」山岸徳平校注　岩波書店　昭和四十年
「日本古典全書　源氏物語二」池田亀鑑校注　朝日新聞社　平成元年
「日本古典文学全集　源氏物語2」阿部秋生・秋山虔・今井源衛・鈴木日出男校注　小学館　平成十六年
「源氏物語湖月抄（上）」講談社学術文庫　北村季吟（有川武彦校訂）講談社　平成二年
「源氏物語の鑑賞と基礎知識　明石」監修・鈴木一男　編集・日向一雅　至文堂　平成十二年
「潤一郎訳源氏物語　巻二」中公文庫　訳者谷崎潤一郎　中央公論社　平成二年
「円地文子訳源氏物語　巻二」新潮文庫　訳者円地文子　新潮社　昭和六十一年
「謹訳源氏物語二」祥伝社　訳者林　望　平成二十二年
「古典基礎語辞典」角川学芸出版　編者大野晋　平成二十四年
「日本国語大辞典」小学館　昭和五十四年
「広辞苑第六版」岩波書店　平成二十年
「旺文社古語辞典　第十版」旺文社　平成二十六年
「岩波古語辞典」岩波書店　平成二十三年
「旺文社国語辞典　第八版」旺文社　平成九年

「明鏡国語辞典」　大修館書店　平成三年
「源氏物語辞典」　北山谿太著　平凡社　昭和三十九年
「現代語古語類語辞典」　芹生公男　三省堂　平成二十七年
「平安時代の文学と生活」　池田亀鑑　至文堂　昭和四十一年
「源氏物語―その生活と文化」　日向一雅　中央公論美術出版　平成十六年
「源氏物語図典」　秋山虔・小町谷照彦編　小学館　平成十年
「源氏物語手鏡」　新潮選書　清水好子・森一郎・山本利達　新潮社　平成五年
「源氏物語のもののあはれ」　角川ソフィア文庫　大野晋　角川書店　平成十三年
「源氏物語を読むために」　平凡社ライブラリー　西郷信綱　平凡社　平成十七年
「平安朝　女性のライフサイクル」　歴史文化ライブラリー　服藤早苗　吉川弘文館　平成十八年
「なまみこ物語・源氏物語私見」　講談社文芸文庫　円地文子　講談社　平成十六年
「源氏物語の世界」　秋山虔　東京大学出版会　昭和三十九年
「きもので読む源氏物語」　近藤富江　河出書房新社　平成二十二年
「源氏物語と白楽天」　中西　進　岩波書店　平成二十六年
「絵巻で楽しむ源氏物語十二帖須磨」　朝日新聞出版　平成二十五年
「日本の色辞典」　紫紅社　吉岡幸夫　平成十二年
「王朝文学の楽しみ」　岩波新書　尾崎左永子

あとがき

『源氏物語』の巻名には木草、花などから中身にふさわしく優雅な名が選ばれ、古来親しまれてきた。その中にあって、地方の地名がそのまま巻名となって異彩を放っているのが「須磨」「明石」である。

源氏が足かけ三年もの間、都から離れて暮らした土地なのだ。それゆえか、「須磨」「明石」は源氏の流謫生活の象徴としてセットのように扱われる。しかし、源氏の孤独な流謫生活は「須磨」の巻で終わりを告げる。「須磨」の巻末で天変地異が起こり源氏の邸に雷が落ちて焼け、途方にくれていると夢枕に立った亡き父がここを去れと命じ、程なく嵐の中を源氏を指して一艘の舟がやって来る。

舟を繰ってきたのは元播磨の守、新発意の明石入道という男である。入道の迎えに乗るか断るか。源氏は運命の分かれ目のような判断を迫られるが、須磨の流謫生活で身に付けたさまざまな事態に対処していく柔軟性、謙虚さを発揮し、入道を信じ受け入れることに決める。その時の源氏の返事のことばが洗練され気遣いに満ちて美しい。誇り高い貴族の身に付いた教養の有り様を気付かせてくれる。

かくして押し出されるように源氏は新しい土地へと導かれる。そこが幾外の明石であり、この地に居ついて財を成し勢力を誇る入道の、贅を尽くした邸の客人として暮らす。須磨の侘び住まいを捨てた源氏は、この地で都では出会うことのない人々に出会う。「須磨」の巻とは趣を異にして、「明石」は新しいタイプの人たちとの出会いを描いた巻であり、源氏につきまとっていた孤独の影がここにはない。

明石入道は新興階級の地方豪族で、これまでの人物にはない強固な志を持って己の人生を切り開いてきた人である。そんな男が、源氏の前では思ったことも言えない様子などがいきいきと描かれる。入道が長年抱いていたその志とは娘を都の高貴な身分の男に嫁がせたいという野心であった。源氏はそんな野心に知らず知らず抱き込まれてゆく。

入道は家の中に居ても源氏の存在を常に意識して緊張しているが、源氏は入道と昔の宮中の話などを楽しみ、入道家が琴の名手の家筋でもあることに感銘を受けたりする。多少出過ぎた振る舞いを不快に思っても、貴族としてのたしなみを崩さない入道には好感を持ち親しくなっていく。ある夜意を決して入道は思いを打ち明ける。娘を託したい意を察した源氏も「心細きひとり寝のなぐさめにも」と承諾する。

後半は源氏と娘との恋物語が密かにも華やかにも展開していく。男は天皇の皇子の血筋を持ち、美貌と才能を兼ね備えた天下の貴公子、女は田舎に育つ元受領の娘、という二人の間にはとてつもない身分の差が横たわる。この差をどう乗り越えて二人は一対の男女となったのか。それぞれの心の葛藤、確執、意地の張り合いなどが、歌のやりとりなど当時の男女のつきあい方に添う形で克明に描き込まれているので、楽しんで読んでいただきたいと思う。

源氏ははじめ受領の娘ならば召しに応じるはずだ、入道が女房の一人として出仕させるようにしてくれれば何とかするくらいの意識だった。それが源氏の常識だった。受領の娘の家へ通うなど沽券が許さず、まして供人良清が口説いていたという女である。

女が身分差の現実を身に染みて感じたのは男から届けられた手紙を見た時である。筆跡や紙質などすべてにおいて余りの美しさに衝撃を受け、わが身の程を思い知る。劣等意識に凝り固まり、あの男の前で自分を曝したくないと、心を閉ざし拒絶する。時に入道の指示よりも自分の意志を貫き、自分を持っている女と向き合うには一筋縄でいくものではない。源氏も自分の中の常識が覆され、二条の女君の存在と向き合わされ、たじたじとなり、さまざまな葛藤を経る。

実はこうして源氏の人生に深く関わってくる明石入道父娘はすでに『源氏物語』第五巻目の「若紫」の巻のはじめのところ、源氏が瘧病治療のため北山に出向いた場面で、供人の良清が、偏屈者で評判の父娘の噂話を源氏に紹介している。

大臣の子孫という家柄に生まれながら《世のひがもの》で、宮中の勤めも怠りある時、近衛の中将の位を捨て、播磨の国守を申し出て赴任するが、任期を過ぎても都に戻らず出家をして明石に腰を据え、海辺に豪邸を建て、財を誇る蔵や建物が遙か彼方まで立ち並んでいるのを目の当たりにしたと良清は源氏に語って聞かせる。娘には都の高貴な所に縁づけなければ海に入って死んでしまえと、言って聞かせているようだが、母が由緒ある家の出なので都の高貴な家の娘を明石に連れてきては娘の躾けや教育を任せ、すべて都風にしてまぶしいばかりに育てていると言う。良清の語りによって入道がなぜ明石に住みつくようになったか、娘はどのように育てられたかといった、二人の基盤となる状況はきちんと描かれているので、ぜひ読み返していただきたい。

それから九年の歳月が流れ、奇しくも源氏はかつて《世のひがもの》と称された明石入道宅に身を寄せることになって、歌を詠む様が伊勢の御息所によく似ていると源氏に思わせるほど都風に仕上がった娘に心を奪われていく。

また違う巻にちらっと登場した脇役たちが、この巻ではどういう動きがあったのか、その姿を簡潔に印象深く刻む。中でも供人良清の目から見た入道父娘、恋に夢中の主人源氏の姿などが突き放した視点でとらえられて、それらの人物像に陰影を加える。また「須磨」の巻で船中から源氏に恋文を送った五節はこの巻の最後で恋を終わらせるが、巻末に添えられたエピソードが『源氏物語』の奥深さを示して余韻を残す。

地方豪族の父娘を『源氏物語』の中心部分に深く関わらせていくという壮大な構想が『源氏物語』をいかに質の高い小説に押し上げているかとしみじみ思う。そして各巻はそれぞれが独立したひとまとまりの世界を保ちながら、すべての巻がつながっているので、些細な出来事の場面でも読み逃したり、忘却の彼方へと押しやったりはできないことも思い知る。紫式部の、時代の行く末を見据えていく眼力と、幾多の人物像をぶれなく刻み込む筆力には感心するほかなく、こんな面白い小説と共に残りの人生を歩めることを喜びに思う。

いい本を出すことを使命と心得て、まめに付き合ってくださる編集者の熱意を有り難いことだと感謝している。いつも読んでいただく主婦の竹田三枝子さんからこの度も間違いをずいぶん指摘していただいた。感謝のほかない。

平成三〇年九月

《著者紹介》
田中順子（たなか　じゅんこ）
1941 年生まれ
東京都立大学大学院国文専攻修士課程修了
現住所　鎌倉市岡本 2-2-1-311
http://genjimonogatari.my.coocan.jp/

原文からひろがる源氏物語　明石

2018年12月20日　第一刷発行

著　者　田　中　順　子
発行者　斎　藤　草　子
発行所　一　莖　書　房
〒173-0001　東京都板橋区本町 37-1
電話 03-3962-1354
FAX 03-3962-4310

組版／フレックスアート　印刷／日本ハイコム　製本／新里製本
ISBN978-4-87074-217-8 C0037